LES

BOUDOIRS DE PARIS.

IV

IMPRIMÉ CHEZ PAUL RENOUARD,

rue Garancière, n° 5.

LES

BOUDOIRS

DE PARIS,

PAR

LE DUC D'ABRANTÈS.

TOME QUATRIÈME.

PARIS.

RECOULES, LIBRAIRE-COMMISSIONNAIRE,

RUE DE SORBONNE, N. 9.

1845

I.

Il y avait à cette époque à Paris, deux
femmes qui faisaient passablement parler
d'elles, quoique l'une des deux fut positivement laide. Mais de même que, comme
le dit Marot :

IV.   1

Il n'est point de presteur,
S'il veult prester, qui ne fasse un debteur.

il n'est aussi pas de femme, tant laide fût-elle, qui, si elle le veut, ne trouve avec qui se damner. Les deux femmes dont il est ici question étaient sœurs, et elles avaient épousé, à deux ou trois ans de distance, les deux frères.

Monsieur E..., l'aîné, qui avait épousé mademoiselle de K..., la jeune, avait eu le bon lot. Aline de K... n'était pas plus que sa sœur ce qu'il fallait être pour faire le bonheur d'un galant homme, mais du moins elle était ravissante. Paul E... l'avait épousée par amour ; elle n'avait pas de fortune; lui, au contraire, était fort à son aise, et avait en outre une assez belle position militaire, étant aide-de-camp d'un des généraux qui commandaient sur le Rhin. Les devoirs de son état l'arrachèrent aux douceurs de la lune de miel, et il n'était marié que depuis six mois lorsqu'il fut emporté par un boulet de canon.

Il n'avait pas eu le temps de se repentir du mariage qu'il avait fait, parceque dans les premiers temps sa femme se conduisit assez bien, ou tout au moins avec assez de prudence pour qu'il ne crût pas être trompé. Lorsque madame E... se trouva veuve, elle imagina de se faire chaperonner par sa sœur aînée dont elle ne redoutait pas l'austérité, sachant à quoi s'en tenir à cet égard.

Mademoiselle Marguerite de K... vint donc s'installer dans la maison de sa sœur, ce dont elle ne fut pas fâchée, attendu qu'elle y trouva un confortable que sa position personnelle ne lui permettait pas de se donner. Comme l'avait

prévu la jeune veuve, la surveillance
de mademoiselle Marguerite ne fut pas
gênante le moins du monde. Elle eut eu
mauvaise grâce à prêcher à sa sœur,
maîtresse de ses actions, après tout, une
retenue qu'elle était loin d'apporter elle-
même dans sa conduite. Quoiqu'elle fût
fort laide, ainsi que je l'ai dit, mademoiselle de K.... avait de grandes préten-
tions à plaire : elle ne manquait pas
d'esprit, avait une organisation volca-
nique, et comme sa laideur ne gâtait que
son visage, et se trouvait presque rache-
tée par une taille fort bien prise, une
magnifique chevelure, et tous les types
enfin qui caractérisent les natures du
genre de celle de mademoiselle de K...,
elle ne fut pas sans trouver quelques dé-
sœuvrés qui, faute de mieux, se laissè-
rent prendre à ses agaceries.

Ceux qui en furent quitte pour quelques jours ne furent pas trop à plaindre;
car peut-être furent-ils dédommagés par
le bon naturel de Marguerite de ce qu'elle
ne pouvait leur offrir en beauté. Mais il
y eut un malheureux qui paya plus cher
l'expérience qu'il avait voulu faire en
essayant d'une femme laide.

Paul E...., le mari d'Aline de K....
avait un frère qui s'était mis dans les
fournitures et qui avait gagné, en assez
peu de temps, une fortune assez ronde-
lette. C'était un homme qui entendait
très bien son affaire, et qui, chose rare
chez les fournisseurs de ce temps-là, n'a-
gissait qu'avec probité. Monsieur Georges E... était du reste un homme d'un
caractère fort simple. Ce n'était pas tout-
à-fait un sot, puisqu'il avait eu l'esprit
de bien faire ses affaires, quoique fort

jeune; mais ce n'était pas un génie. Le brave homme, lorsque Paul mourut, ne cessa pas de porter à sa veuve l'amitié qu'il avait pour son frère. Toutes les fois qu'il venait à Paris il descendait chez elle, et les magnifiques cadeaux qu'il se faisait un plaisir d'offrir à sa belle-sœur, payaient amplement l'hospitalité si peu gênante qu'elle lui donnait.

Dans un de ces voyages, je ne sais par quelle fatalité, il se mit en tête de savoir ce que c'était que l'amour d'une femme laide; le voilà à pourchasser mademoiselle Marguerite, qui ne fit pas la cruelle. Georges était assez bel homme; la fougueuse Bretonne remercia le ciel qui lui envoyait si belle proie; Georges était généreux; la fille pauvre ne fut pas fâchée de cette aubaine; Georges était **simple et bon**, mademoiselle Marguerite ne pouvait désirer mieux. Elle ne fit donc languir le cher fournisseur que tout juste ce qu'il fallait pour que le pauvre garçon crût à la réalité du sacrifice d'un honneur étrangement compromis. Bref, le manège de mademoiselle de K... fut si adroit, que le bon Georges s'en empétra tout-à-fait, qu'il se donna les gants, vis-à-vis de lui-même, d'avoir fait faire à cette pauvre fille le premier pas dans le sentier du vice qu'elle avait jusqu'alors si soigneusement évité, et qu'il trouva tout simple que sa pauvre victime, en lui annonçant que sa faiblesse avait des suites, lui demandât de lui rendre, en l'épousant, l'honneur qu'il lui avait ravi.

Le fait est que, des œuvres de monsieur E.... ou de tout autre, mademoiselle de K.... était bel et bien enceinte. **L'honnête Georges ne balança point ; sa** délicatesse lui imposa une grande réserve dans sa conduite. Il alla trouver sa belle sœur à qui il ne dit pas un mot de sa liaison avec Marguerite et des suites qu'elle avait eues; mais il lui déclara purement et simplement, que si elle n'y voyait pas d'inconvénient, il était dans l'intention de devenir doublement son beau-frère en épousant mademoiselle de K.....

Aline, qui était au fait, ne parut pas plus instruite qu'il ne le fallut; elle remercia son beau-frère de vouloir bien faire le bonheur de sa sœur, et, peu de temps après, la noce se fit.

Les occupations de Georges E... ne lui permettaient pas de demeurer longtemps à Paris; presque toujours il était aux armées, où ses intérêts rendaient sa présence indispensable. Sa femme, à la

tête d'une bonne maison, se gêna moins
que jamais pour suivre ses penchans.
Elle avait une certaine maison de campagne à Meudon, où se passaient les scè-
nes les plus curieuses. Du reste, elle avait
une redoutable concurrente dans Aline,
qui, belle comme elle l'était, ne pouvait
manquer d'illustrer au moins autant que
sa sœur, dans les fastes de la galanterie,
et leur nom patronymique, et le nom
semblable que le mariage leur avait
donné.

Il n'y avait guère que six mois que
Marguerite avait épousé Georges E...,
lorsque le colonel R...., qui avait connu
Paul E.... à l'armée, arriva à Paris. Le
traité de Léoben n'était pas encore con-
clu, et, depuis plus de quatre ans, le
colonel R.... n'était pas venu à Paris. Il
avait appris le mariage de Paul avec

Aline, parce qu'il connaissait Paul particulièrement ; mais, depuis la mort de celui-ci, il n'avait pas plus songé à Georges et à Aline, que, du reste, il n'avait jamais vus, que s'ils n'eussent point existé. Le mariage du frère cadet de Paul avec la sœur aînée de sa veuve lui était donc complètement inconnu ; ce qui n'a rien de surprenant. Les officiers avaient, en campagne, d'autres chats à fouetter, que de s'occuper des mariages qui se faisaient à Paris, surtout lorsque, comme le colonel R... et tant d'autres, on avait gagné tous ses grades sur le champ de bataille, et que, parti de très bas, on n'avait pas de relations avec la société de la capitale.

Paul E..., avant la bataille où il avait été tué, saisi d'un triste pressentiment, avait remis à un de ses amis, capitaine comme lui et aide-de-camp du même général, une petite boîte d'or qui renfermait des cheveux de sa femme, en lui recommandant de les conserver jusqu'à son retour à Paris, et d'aller les porter à Aline, à qui il devait les remettre en personne.

Cet officier avait accepté la mission. Un an après, il fut lui-même blessé mortellement, et chargea de la boîte d'or M. R...., qui promit d'accomplir le désir de Paul, bien que celui-ci n'eût jamais été lié avec lui bien intimement. Le temps enlève beaucoup d'importance aux impressions qui ont d'abord été les plus poignantes. Le colonel R..., qui d'abord avait vu dans la mission dont il s'était chargé, une chose sainte et solennelle, finit par n'y plus voir qu'une promesse, très sacrée il est vrai, mais qui se dépouillait considérablement du prestige sentimental dont il l'avait entourée. Il garda soigneusement la boîte, se promit d'accomplir fidèlement sa promesse , mais il cessa d'y attacher une idée plus poétique que ne le permettait le milieu d'insouciance et de positivisme (que l'on me pardonne le mot) dans lequel il vivait.

Bref, quand le colonel R... arriva à Paris, il ne se doutait pas qu'il y eût au monde d'autre madame E..., née de K...., que la veuve de Paul E....

Le colonel ne devait passer que fort peu de temps à Paris ; il rencontra, dès le premier jour de son arrivée, un de ses camarades de l'armée du Rhin.

— Tu as connu, lui dit-il, ce pauvre diable de Paul E...?

— Sans doute.

— J'ai une commission pour sa veuve. Quelle femme est-ce ?

— Diable ! une des plus jolies femmes de Paris !

— Coquette ?

— Numéro un !

— Rien que cela ?

— Mais... quelque chose de plus.

— Et tu dis qu'elle est jolie ?

— Comme un amour !

— Bon, dit le colonel, qui n'avait pas une mince idée de son mérite, cela me changera ; je suis fatigué de ces blondes et bonnes Allemandes, qui font du sentiment à perte de vue, tout en prenant le chemin de l'alcôve quand on leur demande la permission de s'asseoir.

L'ami du colonel, qui ne trouvait dans un pareil projet rien que de très na-

turel, lui souhaita bonne chance et s'é-
loigna.

Or, cette conversation avait eu lieu à
l'orchestre de Feydeau. L'ami de monsieur R.... n'avait pas vu que dans une
baignoire, qui se trouvait derrière la
place qu'ils occupaient, se trouvait une
femme, et que cette femme était madame George E...., la sœur ainée d'A-
line.

Dès qu'elle entendit qu'il était question
de sa sœur, elle avait prêté l'oreille, tout
en s'enfonçant dans l'ombre pour ne pas
être vue, et n'avait pas perdu une parole de
ce qu'avaient dit les deux amis. En sor-
tant du spectacle, elle courut chez Aline
pour lui raconter ce qui venait de se
passer, et, en bonne sœur qu'elle était,
la prévenir que le colonel était un très
joli homme, à qui ses agrémens pouvaient

faire pardonner sa présomption. Madame
Paul E.... n'était pas chez elle, et ne devait rentrer que fort tard. Marguerite ,
qui avait sans doute son temps pris , ne
l'attendit point ; mais, le lendemain, elle
était chez sa sœur de grand matin.

On venait, lorsque madame Georges
E.... arriva , de remettre à Aline une
lettre, par laquelle le colonel R....., arrivant de l'armée du Rhin , demandait
la faveur de se présenter chez madame
E....., pour lui offrir ses hommages et
s'acquitter d'une commission dont il était
chargé *pour elle personnellement.* Ces derniers mots étaient soulignés. Aline, qui
ne pensait guères à son mari , mort, il
est vrai , depuis trois ou quatre ans ,
cherchait quelle pouvait être la personne
de sa connaissance qui lui envoyait un
message spécial ; elle ne pouvait parve-

nir à deviner, toutes ses relations se
trouvant par hasard en ce moment en
Italie ou à Paris. Elle était à se creuser
la tête, et allait répondre au colonel
qu'elle le recevrait dans la journée,
quand elle vit entrer Marguerite.

— Devines-tu ce que cela peut être?
dit Aline à sa sœur, en lui tendant la
lettre du colonel.

Marguerite jeta un coup-d'œil sur le
papier, puis, le rendant à Aline avec un
sourire :

— Je ne devinerais peut-être pas, lui
dit-elle, mais je le sais.

Et elle se mit à conter à sa sœur la
conversation qu'elle avait entendue la
veille à Feydeau; elle fit le portrait du
colonel R..... en appréciatrice experte
en pareilles matières, et la conclusion
de son discours fut qu'elle félicita sérieu-

sement sa sœur d'avoir quelque chose à démêler avec un homme aussi agréable.

Mais l'ame d'une femme, surtout d'une jolie femme, et d'une jolie femme à la mode, est un composé de bizarreries et de caprices. Aline qui, dans toute autre circonstance, sur la description de monsieur R....., faite par sa sœur dans les mêmes termes, eût peut-être désiré s'en passer la fantaisie; Aline, dis-je, ne trouva dans cette préméditation de conquête qu'une grossière et choquante fatuité dont son amour-propre se révolta. Elle le dit franchement à sa sœur, et jura que M. R..... en serait pour ses projets et ses frais d'entreprise.

— Tu as tort, dit avec une cynique naïveté madame Georges; c'est un des plus beaux hommes que j'aie vus.

Aline, qui ne chômait pas de galans,

et des mieux faits, ne fut que médiocrement touchée de l'argument, qui, du
reste, avait infiniment plus de portée
pour Marguerite. Comme elle n'était pas
méchante et qu'elle aimait beaucoup sa
sœur, elle ne lui dit pas :

— C'est bon pour toi !

Mais elle lui dit en riant :

— Ma foi, s'il te fait envie, je te l'aban-
donne !

— Tout de bon ?

— Tout de bon.

— Alors, dit madame Georges, je ne te
demande que deux choses : la première,
c'est de ne pas répondre à cette lettre ;
la seconde, c'est de monter en voiture
et d'aller jusqu'à demain matin à ta maison de Fontenay-aux-Roses. Cela te dé-
range-t-il ?

— Pas le moins du monde, dit Aline,

qui, sans deviner positivement les intentions de sa sœur à l'égard du colonel,
savait qu'elle laissait le présomptueux
entre bonnes mains.

Une heure après, madame Paul E.....
était sur la route de Fontenay-aux-Roses,
madame Georges E..... sur celle de Meû-
don, où, comme je crois l'avoir dit, elle
avait une manière de *petite maison;* et le
colonel R..... se caressait la moustache
en relisant un billet parfumé conçu en
ces termes :

« Je serai heureuse de recevoir une
» personne qui a été le compagnon d'ar-
» mes de M. Paul E..... Des arrangemens,
» qu'il me serait difficile de changer,
» m'obligent à partir ce matin même
» pour ma maison de campagne de Meu-
» don, où j'aurai toute la journée des

» ennuyeux, dont je n'offre pas la com-
» pagnie au colonel R.....; mais, vers
» sept heures du soir, je serai délivrée
» des importuns, et si le colonel n'est
» pas effrayé de la solitude qu'il trouvera
» à Meudon, je l'y recevrai avec plaisir,
» et nous pourrons en liberté causer de
» la mission dont il a bien voulu se
» charger.

» M. E.....

» Née de K.... »

L'M qui précédait le nom d'E... était
passablement griffonnée, et pouvait très
bien passer pour un A. Cette aimable
épître était cachetée avec une très jolie
pierre gravée, dont l'empreinte repré-
sentait une femme avec le doigt posé
sur la bouche pour recommander le silence. On ne demande pas de la discrétion

à un homme à qui l'on donne un rendez-
vous à la campagne, à sept heures du
soir, quand on ne veut avoir avec cet
homme qu'une entrevue officielle. Le
colonel n'avait donc pas besoin du fonds
énorme de fatuité dont il était pourvu,
pour interpréter, comme une avance, le
billet qu'il venait de recevoir. Il attendit
donc le soir avec une grande impatience,
et, à sept heures du soir, il était à Meudon, et entrait dans la cour de la maison
de madame E....

Marguerite, qui s'était monté la tête
pour le colonel, avait attendu la fin du
jour avec une égale impatience. L'histoire des gens à congédier était une fable;
mais elle avait ses raisons pour ne pas
vouloir recevoir M. R.... au grand jour.
Elle savait très bien qu'elle était laide.
Si les choses avaient été engagées d'une

autre façon, elle n'eût pas désespéré d'amener le beau colonel où elle voulait l'amener, même en entrant dans la lice à visage découvert; mais comme il s'attendait à trouver un prodige de beauté, elle jugea qu'il était plus prudent de ne l'aborder que visière baissée, sauf à chercher à consolider sa victoire quand elle l'aurait obtenue.

Une camériste adroite et discrète, qui avait été postée en *vedette* par Marguerite, et qui avait l'air de se trouver dans la cour par hasard, s'approcha du colonel au moment où il descendait de cabriolet, et lui dit en lui faisant une belle révérence.

— C'est monsieur le colonel R... à qui j'ai l'honneur de parler?

— Lui-même, dit le colonel en prenant par habitude le menton à la femme de chambre, à laquelle son bon génie eût dû lui crier de se tenir, car elle était très jolie.

— Madame vient de congédier son monde, dit la soubrette, elle est dans le parc : si M. le colonel le désire, je vais le conduire près d'elle, ou je vais appeler madame.

— Ne dérangez pas madame E...., dit le colonel ; je vais me rendre près d'elle, si vous voulez bien prendre la peine de me montrer le chemin.

Mademoiselle Victorine indiqua la route au colonel, et, au fond d'un bosquet assez sombre, elle s'arrêta tout à coup devant une sorte de grotte dont on avait fait un charmant boudoir, et elle dit :

— Madame, voici monsieur le colonel.

Tout ce mystère avait un air de bonne
fortune à ne pas s'y méprendre un seul
instant. La grotte était assez obscure;
mais comme il ne faisait pas encore nuit,
le colonel put, d'un coup d'œil, se con-
vaincre que cette retraite écartée était
aussi bien consacrée à de douces con-
versations en tête à tête, qu'à la médita-
tion solitaire. La maîtresse du lieu était
assise, ou plutôt à demi-couchée sur un
petit lit de repos, en manière de sopha.
Elle se leva, et M. R..., prévenu en faveur
de madame E..., par les indications de
son ami, ne distingua, dans le clair-obs-
cur où se trouvait Marguerite, qu'une
taille très bien prise, et qui lui parut
d'une flexibilité voluptueuse, et une forêt
de cheveux noirs, dont les longues boucles
encadraient un visage dont il ne voyait
pas les traits, mais dont son imagination

composait l'ensemble de manière à lui donner tout le courage nécessaire pour son entreprise.

Madame Georges lui adressa quelques mots pour s'excuser de le recevoir dans cet endroit sauvage. Sa voix était pleine et vibrante comme l'est d'ordinaire celle des femmes de sa constitution. Le colonel, fin connaisseur, augura bien de ce type distinctif, et répondit à son hôtesse que c'était à lui à demander pardon pour l'indiscrétion qu'il commettait en la relançant jusque dans sa solitude ; mais, ajouta-t-il, j'étais si impatient, madame, de vous présenter mes hommages, que je ne n'ai pas eu la force de résister à l'offre que m'a faite votre femme de chambre de me conduire près de vous.

Mademoiselle Victorine s'était discrè-

tement retirée, et Marguerite, en châte-
- laine hospitalière, avait invité le dange-
reux visiteur à s'asseoir à ses côtés.

— Puis-je savoir, colonel, lui dit-elle,
ce qui me procure le plaisir de recevoir
votre visite?

Les projets de M. R... ne lui permettaient
pas de s'exposer aux chances d'un atten-
drissement réel ou feint, à propos de la
mémoire de Paul E.... ; aussi, son placet
était tracé à l'avance, et il répondit à
Marguerite.

— Je serais désolé, madame, d'être le
témoin d'une douleur que le messsage
dont je suis porteur excitera sans doute.
Si vous êtes aussi bonne que vous êtes
belle, j'obtiendrai de vous la permission
de vous donner simplement un paquet
cacheté que j'ai mission de vous remettre
en mains propres, et ce ne sera pas en

ma présence que vous prendrez connaissance de ce qu'il renferme.

— Je ne suis pas belle, dit en souriant
Marguerite; mais j'aime assez à m'entendre dire que je suis bonne; comme je ne
me doute pas de ce que peut contenir ce
paquet, je vous accorde facilement votre
requête. Donnez-moi votre paquet; je
ne l'ouvrirai que demain.

Le colonel s'acquitta de sa mission,
et pressant, un peu prématurément
peut-être, une main qu'on ne retira
pas :

— Permettez-moi, dit-il, de vous re-
mercier, de vous témoigner mon respect et ma reconnaissance pour tant de
bonté.

Et il imprima, sur cette main qui tremblait un peu, un baiser un peu plus pro-
longé que ne le comportait le respect

dont il devait être le gage, et qu'il eû fallu bien de la complaisance pour ne prendre que comme le simple baisement de main que l'usage autorise chez nous, et qui était encore plus de mise alors que de nos jours.

Il sembla au colonel que l'émotion avec laquelle il avait donné ce baiser sur la main qu'on ne lui disputait pas, était partagée jusqu'à un certain point par celle à qui la main appartenait. Le lecteur, qui connaît les projets de Marguerite, sait d'avance qu'il était plus que probable que le colonel ne s'abusait point.

Rien n'est plus propre à abréger les préliminaires, en pareille circonstance, que le silence et l'obscurité. M. R... ne resta pas longtemps aux complimens généraux. La nuit n'était pas encore tout à fait arrivée, qu'il avait déjà trouvé moyen de ne s'en plus tenir aux baisers sur la main. Il est vrai de dire que madame E.... se montrait si peu effarouchée de son entreprenante vivacité, qu'il devait se croire encouragé à ne pas se contenter de ce qui lui était accordé avec une si faible résistance. Bref, il en vint à demander les preuves les moins équivoques de la bonne volonté dont on se disait animée à son égard.

Marguerite, qui ne désirait pas moins que le colonel d'en arriver à ce résultat, crut cependant devoir montrer quelque hésitation.

— Vous êtes pressant, colonel, lui dit-elle; on voit que vous êtes habitué à vaincre.

— Nous autres militaires, dit le colonel, savons-nous jamais si nous serons de ce monde dans quelques jours. Nous n'avons pas le droit de faire crédit au bonheur.

— Mon Dieu! dit-elle, vous parlez comme si vous deviez partir demain matin!

— Et si cela était? s'écria le colonel.

— Mais cela n'est pas, répondit-elle en souriant.

— Hélas! dit M. R...., puisqu'il faut vous le dire, la chose n'est que trop réelle : demain, je repars pour l'armée.

— Je me préparerais bien des regrets en cédant, ajouta timidement madame E...., qui craignait peut-être d'être prise au mot sur son refus.

— Ah! dit l'habile manœuvrier, une

seule chose pourrait me retenir ; ce serait le souvenir du bonheur que vous pourriez me donner, et l'espoir de le goûter encore.

L'intention de madame E.... n'était pas de désespérer le colonel. Elle accepta donc, comme concluante , la banalité qu'il venait de lui débiter, et le colonel R...., à qui la foi ne manquait pas, et qui, grâce à cette foi qui fait des miracles, se croyait le possesseur de la plus jolie femme de Paris, demeura dans la bienheureuse grotte jusqu'à trois heures du matin, prodiguant les plus vives, les plus tendres caresses au laideron dépravé qui l'avait fait tomber, au bénéfice de sa débauche , dans un piége habilement tendu.

On était en été : le jour devait venir de fort bonne heure : Marguerite, satisfaite sans doute de la manière dont sa victime avait employé son temps, feignit de craindre pour sa réputation en le gardant plus longtemps, et, à la faveur du crépuscule et d'un voile assez ample qu'elle jeta sur sa tête, comme par hasard, elle regagna sa demeure, s'appuyant sur le bras du colonel, qui ne s'aperçut pas du tour qu'on lui avait joué, et qui, tout en se dépitant intérieurement de n'avoir pu voir les traits de sa nouvelle conquête, n'avait pas osé lui demander de lui laisser voir, à la clarté d'une bougie, ce visage que la nuit lui avait dérobé.

Il avait été convenu que le colonel ne partirait pas le lendemain, et madame Georges n'avait pas vu d'inconvénient à lui permettre de se présenter chez elle dans la journée.

Mais le colonel, qui ne se doutait pas de l'existence de celle dont il avait si facilement conquis les faveurs, était persuadé qu'il avait eu affaire à madame E...., veuve de Paul E...., à laquelle il avait écrit le matin, et dont il croyait avoir reçu une réponse

Dans la journée donc, il sortit de chez lui, léger comme un triomphateur, et se dirigea vers l'hôtel de madame Paul E... Le concierge lui dit que madame était au logis, et il se fit annoncer.

Il trouva dans le boudoir où il fut introduit, deux femmes de taille pareille, de galbes à peu près semblables, dont l'une, âgée de vingt-cinq ans à peine, était délicieusement belle, tandis que l'autre, qui avait plus de trente ans, était épouvantablement laide. Il n'hésita pas, et alla droit à Aline. Dans le trajet

qu'il fit de la porte à la bergère où était
la maîtresse de la maison, il aperçut sur
un guéridon le paquet qu'il avait remis
cacheté la veille; le paquet était ouvert,
et, à côté, était posée la boîte d'or de Paul
E....

— Je vous remercie, monsieur, lui dit
Aline d'une voix qu'il reconnut avec dé-
lices, de la peine que vous avez prise :
j'ai été sensible à ce souvenir de ce pauvre Paul : je viens de faire à l'instant
l'ouverture de ce paquet; vous me par-
donnerez, si vous me voyez encore tout
émue.

Après ce qui s'était passé la veille,
M. R.... trouva assez singulier que telle
fut la première parole de madame E...;
mais il attribua cette sensibilité obligée à
la présence de la femme laide, et mit
aussi sur le compte de l'émotion de bon

ou de mauvais aloi, quelque différence qu'il remarquait dans l'inflexion de cette voix qu'il croyait d'abord avoir reconnue pour être celle qui, la veille, lui avait parlé plus tendrement.

Il murmura quelque phrase banale à propos de l'émotion conjugale dont on faisait parade devant lui, et finit par demander à Aline si elle était revenue de bonne heure de la campagne.

—Ah! lui dit celle-ci d'un air étonné; mais c'est à faire à vous, colonel! Depuis si peu de temps à Paris, vous êtes au fait des moindres pas des gens qui n'ont même pas le plaisir de vous connaître..... intimement! Et qui vous a dit que j'eusse été à la campagne?

R.... fut étourdi de cette question; puis, réfléchissant que la manière assez brusque dont s'était entamée sa liaison

avec madame E.. ., ne lui permettait
guère de se proclamer du premier coup,
il crut comprendre qu'on voulait lui
dire de prendre garde à ses paroles, et
il dit avec assez d'aplomb :

— Je l'avais entendu dire.

— Mon Dieu ! poursuivit Aline, ce
n'est pas un mystère ; mais voyez ce que
c'est que les indiscrets : si j'y avais été
en cachette, je me croirais bien en sû-
reté, et voilà le colonel R..., qui est arrivé avant-hier, et qui le sait déjà.

— Oh ! si c'était un secret, dit la femme
laide en baissant les yeux, je suis sûre
que le colonel est trop galant homme
pour le trahir, et que tu n'aurais rien à
redouter.

Le son de cette voix, qui était parfaitement semblable à celui d'Aline, si ce
n'est qu'il avait plus de rondeur et de

vivacité, attira l'attention de M. R...., et lui rappela, bien plus encore que celui de madame Paul E...., la soirée qu'il avait passée à Meudon.

Madame Paul ne parut pas s'apercevoir de l'effet que la voix de sa sœur produisait sur le colonel ; elle se tourna vers lui, et lui dit sans affectation :

— C'est ma sœur, colonel ; ne trouvez-vous pas que, sans nous ressembler, nous avons bien un air de famille, et que le son de nos voix surtout est le même ?

Le colonel s'inclina en signe d'assentiment.

— Êtes-vous pour longtemps à Paris, colonel ? demanda Aline d'un air d'indifférence.

— Je devais partir aujourd'hui même, dit M. R... en attachant sur elle un regard significatif, auquel elle ne parut pas comprendre la moindre chose ; mais à présent, je ne sais plus quand je partirai.

— Voilà une grande victoire pour la personne qui opère un pareil miracle, dit Aline ; je parierais que c'est une affaire de cœur.

— Oh! oui, dit le colonel avec un soupir formidable.

— Ah! mon Dieu! s'écria la maîtresse de la maison ; voilà un soupir qui me ferait croire que c'est l'espoir plus que la reconnaissance qui vous retient.

— Ne pariez pas, madame, dit R...., qui commençait à trouver la plaisanterie infiniment trop prolongée ; je n'ai plus d'autre espoir à avoir que de voir se renouveler les instans pleins de charmes

que j'ai déjà passés près de la personne
dont il s'agit.

— C'était donc une ancienne connaissance ? dit assez insolemment madame
Paul E...

— Je ne l'ai vue qu'une fois dans l'ombre, et une fois en plein jour, dit le colonel, et, ajouta-t-il avec intention, dans
la seconde entrevue, je ne lui ai pas dit
un mot d'amour.

— Vous avez eu tort de perdre votre
temps à lui parler d'autre chose, continua
madame E..., curieuse de voir jusqu'où
irait la patience du colonel, et décidée à
ne le mettre au fait que lorsqu'elle se
serait un peu amusée de son embarras.

Soit qu'il fût sur la voie de la mystification dont il avait été l'objet, soit qu'il
sentît qu'il n'était pas de force à lutter

d'assurance avec cette jeune femme qui, selon lui, parlait d'elle-même comme s'il se fût agi d'une autre personne, M. R... ne releva pas la balle, et se contenta de lancer à la belle persiffleuse un regard qu'il était facile de traduire par cette bravade :

— Je ne le perds pas toujours ainsi.

Aline vit que l'ennemi reculait devant le combat; elle changea de terrain.

— Avez-vous été au spectacle depuis votre arrivée? dit-elle au colonel.

— Une seule fois, dit M. R....

— Ah! oui, reprit Aline; je le savais; à l'Opéra-Comique. Vous y étiez avec le colonel D...

R.... fut assez étonné de voir Aline informée de cette circonstance, dont elle ne lui avait point parlé la veille. Il se souvint de ce qu'il avait dit la veille, et, craignant quelque mauvais tour, quoique bien loin de supposer la réalité, il se tint sur la réserve.

— Vous avez dû être assez content de Feydeau, continua madame Paul E...; mais je voudrais bien savoir ce que vous pensez des femmes de Paris.

— Il y en a de charmantes, répondit prudemment le colonel.

— Croyez-vous que leur conquête soit aussi facile que celle des Allemandes; car vous arrivez, je crois, de l'armée du Rhin, dit Aline engageant cette fois plus franchement l'escarmouche.

— Ma foi, dit le colonel, je crois qu'en tout pays il y a des femmes faciles et des femmes impossibles à vaincre.

— C'est, dit Aline, parce qu'en tous pays il y a des hommes qui plaisent et

des hommes qui déplaisent. N'est-il pas
vrai, Marguerite?

— Oui, dit Marguerite; il y a tel
homme qui plaira beaucoup à une
femme et qui sera antipathique à une
autre.

— C'est pour cela, ajouta Aline, lâ-
chant à bout portant cette énorme bordée
dans la réserve du colonel, qu'un homme
a toujours mauvaise grâce à dire : J'aurai
cette femme. Il y a des femmes que tel
homme n'aura jamais, dussent-elles se
donner au reste de l'univers.

Il était impossible que M. R.... ne vit
pas, surtout à la manière dont cette
phrase fut prononcée, qu'elle ne l'avait
pas été sans une intention bien positive.
Il regarda d'un air étonné celle qui l'a-
vait dite, et se demanda s'il avait rêvé
que, douze heures auparavant, cette

femme, qui semblait lui reprocher d'a-
voir montré trop de présomption en se
promettant de la posséder, était entre
ses bras, lui donnant des preuves de l'a-
mour le plus passionné.

Madame E.... vit qu'il était temps de
frapper le grand coup. Marguerite était
revenue de Meudon de bonne heure, et,
à peu près à la même heure, Aline était
arrivée de Fontenay-aux-Roses. Les
deux sœurs avaient eu une conférence,
où Marguerite avait avoué à sa sœur ce
qui s'était passé : comme il était probable que le colonel, furieux, ne reverrait
jamais madame Georges quand il saurait
la mystification dont il avait été l'objet,
que, d'un autre côté, il n'était guère
possible qu'il restât longtemps la dupe
de l'erreur où il avait pu être le premier
jour de son arrivée, Marguerite, dont

peut-être aussi le caprice était passé, consentit à se prêter à l'exécution du dénoûment. Aline, sachant que le colonel devait venir dans la journée, retint sa sœur auprès d'elle, et, comme on l'a vu, le colonel les trouva ensemble.

Quand elle vit qu'il était temps de mettre un terme à une conversation où l'un des interlocuteurs était étrangement abusé sur sa position vis-à-vis des deux autres, madame Paul E.... se leva, et, faisant un gracieux salut au colonel, lui dit :

— Pardonnez-moi, monsieur, si je vous quitte ; j'ai quelques ordres à donner : je vous laisse avec ma sœur : c'est une autre moi-même. Si vos occupations vous laissent un peu de liberté, je retourne demain à la campagne, je serai charmée de vous y recevoir Vous qui savez tout, savez-vous bien où elle est?

— Oh! madame, fit, d'un ton de reproche, le colonel à qui cette question fit monter le rouge au visage.

— Mon Dieu, dit de l'air le plus naturel madame Paul E...., je n'ai pas pour résidence le château de Versailles ou de Chambord, je vous l'assure; il est bien permis à un homme qui arrive de si loin, de l'ignorer, et je ne vous en voudrais pas d'ignorer que ma maison de campagne est à Fontenay-aux-Roses.

— Fontenay-aux-Roses, dit le colonel abasourdi!

— Tout bonnement, dit Aline : vous savez où c'est?

— Pardon... mais je croyais.... il ne se peut pes.

— Voilà qui est charmant, s'écrie en riant madame Paul, tandis que sa sœur, visiblement embarrassée, se tournait de l'autre côté ; vous allez voir que je ne sais pas où je demeure !

— En vérité, dit R...., de plus en plus dérouté, je croyais que c'était à Meudon...

— Ah ! j'y suis, dit Aline en redoublant ses éclats de rire ; c'est que vous ne saviez pas que ma sœur et moi nous avons épousé les deux frères, et que nous sommes toutes deux E...., nées de K.... ; la seule différence, c'est qu'elle s'appelle Marguerite, er moi, Aline, et que je demeure à Fontenay-aux-Roses, et elle à Meudon.

Elle disparut après cette cruelle révélation, qui tomba comme la foudre sur la tête du colonel anéanti. Il trouvait, l'infortuné, que la différence qui exitait entre les deux sœurs, et qu'Aline n'avait pas mentionnée, était celle qui lui importait le plus : à savoir que l'une, celle qui se moquait de lui, était belle comme un ange, et que l'autre, celle qu'il avait possédée, était laide comme le péché.

Marguerite se hasarda à se retourner vers le colonel.

—Adrien, lui dit-elle timidement, m'en voulez-vous?

Cette femme, que R.... n'eût peut-être pas trouvée exorbitamment laide dans une autre circonstance, lui fit l'effet de la tête de Méduse. Il n'eut pas le courage de lui répondre; ne songea pas même à la saluer, et se retira plus rapi-

dement qu'il ne l'eût fait s'il avait eu en
face une compagnie de Pandours ou de
Hulans.

II.

L'époque du consulat vit naître une
liaison qui dura jusque sous la Restaura-
tion, et qui avait fini par prendre la
même consistance qu'un mariage, tant
le monde l'avait acceptée et s'y était ac-

iv.   4

coutumé. Quoique cette longue durée soit déjà par elle-même un fait assez remarquable, ce n'est pas cependaut ce qu'il y a de plus curieux dans l'histoire de cette liaison. La manière dont elle s'établit est des plus excentriques, et mérite d'être racontée.

Madame de C...., qui venait de rentrer de l'émigration, était la maîtresse de M. d'A..... Quoique madame de C... fût encore jeune, elle ne s'abusait pas sur le temps qui lui restait à vivre : elle était attaquée de la poitrine, et savait parfaitement à quoi s'en tenir sur son état. Elle avait toujours beaucoup aimé le plaisir, et la maladie dont elle était atteinte avait développé ces dispositions au suprême degré. Elle savait qu'en ne se ménageant pas elle avançait le terme de son existence, mais elle semblait en

avoir pris son parti et avoir choisi pour
sa devise ce mot célèbre d'une prin-
cesse :

— Courte et bonne!

Madame de C... avait perdu presque
toute sa famille pendant la révolution ;
elle n'avait que des parens éloignés, et
comme elle avait conservé une assez jolie fortune, on pense bien que ces collatéraux ne la négligeaient pas. Mais elle ne
cachait pas la résolution qu'elle avait
prise de les déshériter, et quoiqu'ils eussent cru devoir ne pas abandonner la
partie, et tenir bon jusqu'à la fin, il
est probable qu'ils s'attendaient assez à
en être pour leurs peines, quand madame de C.... mourut en 1802.

Elle avait pris toutes ses dispositions,
en femme qui ne se fait pas illusion, et
on trouva, à sa mort, un testament en

bonne forme, par lequel elle laissait toute sa fortune à madame de R...., qui était son amie d'enfance.

Personne ne fut étonné de ce legs. Mais il n'en fut pas de même de la conduite que tint madame de R... Il n'y avait pas trois mois que madame de C.... était morte, lorsque, au grand scandale des honnêtes gens, s'établit, entre la légataire universelle et M. d'A...., l'ancien amant de la défunte, une liaison des plus intimes. Les quolibets ne manquèrent pas d'aller leur train, et les mauvais plaisans prétendirent que madame de C.... avait laissé à madame de R.... tous ses biens immeubles et meubles, y compris M. d'A...

Ils ne savaient pas si bien dire. Madame de C....., qui était un des plus étranges esprits qui fût au monde, avait

inséré dans son testament une clause
ainsi conçue :

« On trouvera dans mon écrin un pa-
» quet cacheté à l'adresse de madame
» de R...., ma légataire universelle. Il
» devra lui être remis intact, pour qu'elle
» en prenne connaissance en particulier,
» et qu'elle se conforme à ma volonté y
» exprimée, ce que je laisse à sa cons-
» cience seule à exécuter. »

Le paquet avait été trouvé et remis à la
légataire. Que l'on juge de son étonne-
ment quand elle trouva le codicile suivant enfermé dans cette cédule (1).

(1) Quelque singulière que puisse paraître cette étrange
pièce, ainsi que la lettre adressée à M. d'A.., je n'ai pas
hésité à les reproduire. Je me serais borné à les citer,
sans les donner textuellement, si je n'avais eu entre mes

« Je laisse à votre conscience, ma
» chère Agathe, l'accomplissement de la
» partie de ma volonté que vous trouve-
» rez énoncée ci-après. Vous savez com-
» bien vous m'avez toujours été chère.
» Je ne fais donc que suivre le mouve-
» ment de mon cœur en vous laissant
» une fortune que se partageraient d'avi-
» des collatéraux, pour lesquels je ne me
» sens que de l'indifférence, sinon une
» répugnance positive.

» Mais, vous le savez aussi : l'amitié
» qui nous unissait ne suffisait pas à ce
» cœur dont vous avez si bien connu
» toutes les pensées, tous les secrets. De-
» puis plus de trois ans, j'aime de toute

mains les originaux que l'obligeance de leur proprié-
taire, proche parent de M. d'A..., m'a mis à même de
copier.

» mon ame, un homme qui a fait le bon-
» heur de ma vie, et qui, avec vous, est
» tout ce que je regrette en ce monde. Il
» m'est impossible, en songeant à la mort,
» de vous séparer dans ma pensée. Com-
» prenez-vous que, pour une ame tendre,
» c'est un grand bonheur de réunir ainsi
» par l'imagination , tout ce qu'elle ai-
» mait sur la terre au moment de quitter
» la vie? Je désire qu'il en soit ainsi , et,
» si vous m'aimez réellement, vous vous
» conformerez à ce désir, qui est ma plus
» chère pensée.

» L'expression claire et nette de ce que
» je vous demande, de la condition mo-
» rale que je mets à l'acceptation de mon
» testament, est celle-ci : Je vous lègue
» toute ma fortune , sous la condition
» expresse de lier votre vie à celle de
» M. d'A....

» Je n'ai pas le dessein de vous rien
» imposer : si vous voulez épouser mon-
» sieur d'A...., et qu'il soit dans les mê-
» mes intentions, vous ferez bien, ce me
» semble, de prendre ce parti. Mais, s'il
» répugne à tous deux, ou à l'un de
» vous, je déclare que mon but sera éga-
» lement rempli, si vous devenez pour lui
» ce que je suis (on pourra dire bientôt
» ce que j'étais), c'est-à-dire une
» *amante* (1) tendre et passionnée, s'il est
» pour vous ce qu'il a toujours été pour
» moi, le plus sincère, le plus fidèle des
» amans.

» Comme il faut penser à tout, et qu'il

---

(1) Mon respect pour le texte que je reproduis, m'oblige à conserver les expressions qui, du reste, n'avaient rien de ridicule à cette époque, du moins dans le style écrit. Je ne sais si en parlant on les employait. Cela est probable.

» n'est pas convenable qu'une jeune
» femme, dans votre position, fasse les
» avances auprès d'un homme, je laisse
» à M. d'A.... une lettre où je lui fais part
» de mon désir, sans, toutefois, lui faire
» connaître que je me crois en droit de
» vous imposer moralement cet engage-
» ment, comme condition du legs que
» vous fait mon amitié.

    » J'ai hésité longtemps avant de pren-
» dre le parti de vous faire connaître
» mon désir par la voie dont je me sers.
» Vingt fois j'ai été sur le point de vous
» réunir tous deux près de moi, et de vous
» demander de me promettre ce que je
» souhaitais ardemment; mais il m'en eût
» trop coûté d'emporter votre refus dans
» la tombe, et je meurs avec l'espoir que
» mes vœux seront réalisés. La mort m'en
» paraîtra moins amère. »

Madame de R.... lut dix fois de suite cette pièce curieuse, sans pouvoir en croire le témoignage de ses yeux. Elle n'éprouvait aucune espèce d'éloignement pour M. d'A...., mais elle eût songé à devenir la maîtresse de l'empereur de Maroc, plutôt que celle de l'amant de son amie. La seule pensée lui eût paru une très mauvaise action, et voilà son amie elle-même qui, en lui laissant une belle fortune, lui impose, pour condition, de devenir la maîtresse ou la femme de l'homme qu'elle-même avait aimé. Madame de R.... était tentée de croire, ou que la lettre posthume n'était pas authentique, ou que le jour où elle avait été écrite, madame de C.... n'avait pas toute sa raison, ou bien encore (car devant une pareille bizarrerie, pas une supposition n'était bizarre) qu'elle avait voulu compenser son bienfait par une malignité, et que M. d'A... était indirectement chargé de venger madame de C... du bonheur qu'elle n'avait peut-être donné à son amie que pour faire pièce à ses héritiers.

Madame de R..... voyageait dans les espaces des suppositions, et, au milieu des écarts de son imagination, n'avait pas encore songé à l'exécution du singulier codicile de madame de C....., lorsqu'on lui annonça M. d'A...

Elle eut d'abord la pensée de lui refuser sa porte; mais, réfléchissant que cet état de choses ne pouvait durer, curieuse d'ailleurs de savoir comment madame de C..... s'y était prise vis-à-vis de M. d'A...., elle ordonna qu'on le fit entrer.

M. d'A.... s'avança avec une figure de circonstance, sur laquelle se lisait aussi visiblement un grand embarras, que la douleur causée par la mort de sa maîtresse.

— Je sollicite de vous , madame, dit-il à madame de R..., la faveur d'un entretien particulier.

Madame de R...., qui savait parfaitement sur quoi allait rouler la conférence que sollicitait M. d'A...., donna ses ordres pour ne pas être dérangée.

Ces préliminaires exécutés avec solennité, M. d'A... tira de sa poche un papier contenu dans une enveloppe exactement semblable à celle qui contenait le codicile adressé à madame de R...., et après s'être mouché, avoir toussé , craché et passé deux ou trois fois la main sur son front, il dit enfin :

— Peut-être, madame, vous doutez-vous de ce qui m'amène.

— Un peu, dit madame de R...., qui, malgré la gravité de la situation, ne put réprimer un léger sourire, dont l'excuse était dans la position critique de monsieur d'A....

La réponse de madame de R..., au lieu de donner du courage à ce pauvre homme, le déconcerta tout à fait; d'autant plus que malgré les efforts qu'elle avait faits pour dissimuler le malencontreux sourire, M. d'A.... l'avait saisi au passage, ce qui ne contribua pas à le rassurer. Sa contenance, de plus en plus embarrassée, devenait de plus en plus comique. Le sourire furtif se changea en une envie de rire réprimée à grand renfort de mouchoir et de morsures à l'intérieur de la bouche.

Cette malheureuse envie de rire empêchait madame de R..... d'épargner à son visiteur, en abordant elle-même la question, la peine de trouver une entrée en matière.

Si elle eût voulu parler, elle eût éclaté infailliblement. C'est, du reste, une chose connue de toutes les personnes rieuses : dans une situation donnée, lorsque l'envie de rire se fait sentir, plus la situation est solennelle, triste même, plus il est difficile de réprimer ce besoin de rire, qui passe presque à l'état spasmodique, et qui est bien plutôt un accident nerveux, qu'un accès de gaîté proprement dite.

On ne peut nier, après tout, que la situation fût très embarrassante pour M. d'A...., qui était fort loin d'être un sot. Mais, en pareil cas, l'homme le plus

spirituel du monde ne trouve pas un mot
à dire, et M. de Talleyrand, qui n'avait
pas l'habitude de rester court, n'eût
peut-être pas, dans une situation semblable, trouvé le moyen de dire
deux.

Il fallait pourtant se lancer. M. d'A...,
qui sentait qu'une fois la conversation
engagée, les choses iraient d'elles-mêmes,
prit toute sa résolution, et, au risque de
dire une balourdise, dit d'un air piteux
à madame de R...

— Nous avons perdu madame de
C!....

Certes, il n'y avait dans cette phrase
toute simple rien de grotesque ni de ri-
sible; mais comme madame de C.....
était morte depuis deux mois; comme,
d'ailleurs, il était clair que M. d'A.....
n'avait fait cette communication sur le

ton officiel que pour dire quelque chose, madame de R...., qui étouffait son envie de rire depuis dix minutes , éclata sans pouvoir résister, et eut un de ces accès de fou-rire que connaissent seuls ceux à qui le bon Dieu a donné la précieuse faculté de rire ainsi.

Ce dénoûment eut un tout autre résultat que celui auquel on aurait pu s'attendre. M. d'A....., qui sentait tout ce que son attitude avait de ridicule depuis son arrivée, sourit lui-même de sa propre gaucherie; puis, laissant rire madame de R..... tout à son aise, il attendit en silence, et quand il la vit en état de l'écouter :

— Madame, lui dit-il, veuillez prendre connaissance de l'écrit qui m'a été remis ce matin par le notaire de madame de C..... J'attendrai vos ordres chez moi.

Il lui remit la lettre de madame de C....., s'inclina respectueusement et se retira sans ajouter un mot.

Madame de R..... se mit en devoir de lire le papier que venait de lui remettre M. d'A..... Il contenait ce qui suit :

« Mon cher Alphonse,

» Vous savez combien je vous aimais » (je me sers de l'imparfait, parce que » je serai morte quand vous lirez ces » lignes), vous savez aussi quelle tendre » amitié j'ai pour ma chère Agathe. Je » n'ai pas cru pouvoir faire un meilleur » emploi de ma fortune que de la lui » laisser; vous m'auriez, j'en suis sûre, » approuvée si je vous eusse consulté.

» Moi morte, mon cher Alphonse,

IV. 5

» qu'allez-vous devenir? car je suis con-
» vaincue que vous m'aimez autant que
» je vous aime. Une des choses qui me
» coûte le plus au moment de mourir,
» c'est la pensée de vous laisser seul et
» abandonné à toutes les déceptions des
» relations du monde en général, et de
» celles du cœur en particulier ; laissez-
» moi donc disposer de ce cœur qui,
» vous me l'avez dit bien souvent, est
» tout à moi. Laissez-moi vous léguer
» ce bonheur que je ne pourrai plus
» vous donner par moi-même.

» Madame de R..... est veuve : il me
» serait infiniment agréable que vous
» l'épousassiez. Je ne vous cache pas que
» je lui ai fait, en la nommant ma léga-
» taire universelle, une sorte de condi-
» tion morale de ce lien, objet de toutes
» mes espérances; mais je ne voudrais pas

» que ce desir devînt une tyrannie. Sans
» être son mari, vous pouvez vous atta-
» cher à elle par un lien tout aussi fort
» que celui du mariage. Conservez-lui
» l'amour que vous avez pour moi; dé-
» vouez-vous à son bonheur : si ce vœu
» de mon cœur se réalise, j'ai la convic-
» tion que j'aurai fait le bonheur de tous
» deux.

» Elle sait, par une lettre que je lui ai
» adressée et où je lui fais part de mon
» désir, que vous en êtes également ins-
» truit; elle attendra votre démarche,
» parce qu'il est dans l'ordre que ce soit
» vous qui fassiez les premiers pas. Si
» vous m'avez jamais aimée, vous n'hé-
» siterez pas un seul instant. »

Prévenue par la lettre de madame de
C....., madame de R..... ne trouva

dans celle qui était adressée à M. d'A.....
que ce qu'elle s'attendait parfaitement à
y rencontrer. Cependant, la visite de
M. d'A..... avait quelque peu éclairci
l'horizon où elle s'égarait une demi-
heure auparavant. L'empressement qu'a-
vait mis l'amant de madame de C....
prouvait qu'il était pour le moins disposé
à obéir à la singulière fantaisie de la
défunte, et madame de R.... crut se rappeler que dans le ton avec lequel il avait
dit : J'attendrai vos ordres chez moi, il y
avait, sinon l'espoir, au moins le désir
de la voir aussi docile qu'il l'était lui-
même à la volonté dernière de madame
de C...

La circonstance était assez bizarre pour
que l'on pût ne pas traiter les choses
comme on les traite dans l'habitude de
la vie. Madame de R.... descendit au

fond de son cœur, l'interrogea, et le résultat de cet examen fut que, deux heures après, on lui annonçait M. d'A... qui se présentait de nouveau, autorisé par le billet suivant, aussi significatif que laconique :

« Je vous attends.

» Agathe de R... »

Quand M. d'A... fut seul avec madame de R...., elle remarqua, non sans un peu d'humeur, que l'embarras de celui-ci était presque aussi grand que le matin.

— Monsieur, lui dit-elle un peu sèchement, épargnons-nous des explications qui paraissent vous embarrasser : vous m'avez dit que vous attendiez mes ordres. Cela veut dire probablement que , de votre part, il n'y a pas de protestation contre les volontés de notre amie.

— Vous l'avez dit, madame, pourvu que....

— Mon Dieu , interrompit madame de R...., pourvu qu'il n'y en ait pas de la mienne ; je sais ce que vous allez me dire.

— Peut-être, madame, dit M. d'A... avec un aplomb qui étonna madame de B...

— Je vous écoute, dit-elle.

— Je vous demanderai , continua M. d'A...., la permission d'être très explicite dans ce que je vais avoir l'honneur de vous dire. Madame de C.... formule sa volonté de deux manières : le mariage et une liaison intime. Le mariage...

—Eh bien, interrompit encore la vive madame de R..., qui était autant qu'un autre attachée à sa liberté, mais qui voyait dans l'objection que s'apprêtait à faire M. d'A..., une sorte de défiance contre elle-même; eh bien! monsieur! le mariage? croyez-vous que votre nom serait déshonoré parce que je le porterais?

— A Dieu ne plaise que j'aie une pareille pensée, dit le pauvre M. d'A....; mais il y a des choses qui sont quelquefois matériellement impossibles.

— Ah! fit madame de R...., qui ne demandait peut-être pas mieux que de voir surgir une impossibilité contre un mariage qu'elle se croyait obligée de demander, pour satisfaire à sa dignité personnelle.

— Oui, madame, poursuivit M. d'A...;

comme vous l'avez dit tout à l'heure, il
faut que ce que nous avons à nous dire
soit dit avec le moins de paroles possible.
Je serai heureux de vous voir agréer la
demande que je vous fais de mettre à
exécution la volonté dernière de madame
de C...., pourvu que ce ne soit point au
moyen d'un mariage, et cela, parce que
je suis marié !

Madame de R.... était une des plus
grandes rieuses de la terre ; la chûte du
discours de M. d'A... lui parut si prodi-
gicuse, qu'elle se remit à rire sur de nou-
veaux frais, tellement que M. d'A..., qui
avait accompli sa tâche, et qui, du reste,
ne voyait rien de bien désespérant pour
lui dans cette hilarité, se mit franchement de la partie, et ce fut bientôt un duo
d'éclats de rire qui formaient, soit dit
en passant, une assez singulière orai-

son funèbre à la pauvre madame de
C....

Quand l'accès fut passé, madame de
R.... demanda à M. d'A.... une explication un peu plus détaillée, et voici ce
qu'elle apprit.

M. d'A... avait épousé dans l'émigration une jeune Anglaise dont il était devenu passionnément amoureux : au bout
de deux mois il lui était devenu complétement impossible de demeurer avec
sa femme, qui avait le plus insupportable
caractère de la Grande-Bretagne. La
jeune madame d'A...., née d'une mère
Irlandaise, était catholique ; M. d'A...,
sans être dévot, avait des principes reli-
gieux, ou, peut-être, politiques qui lui
faisaient regarder le divorce comme une
énormité. Se sentant incapable, par
caractère, d'essayer la guérison de sa

jeune épouse, et de la dompter comme
Petruchio dompte Catherine (1), il se
borna à la rendre à ses parens, avec une
pension honorable ; après quoi il voya-
gea jusqu'à l'époque où les événemens
lui permirent de rentrer en France. De
retour à Paris, il ne jugea pas à propos
de se vanter de son mariage, qui, ayant
été contracté, non à Londres, mais en
Irlande, n'était pas connu de la plupart
des émigrés français. Les quelques amis
qui en avaient connaissance furent priés
par lui de n'en point parler; le secret
fut religieusement gardé, et M. d'A....
n'avait jamais cru devoir en parler à
madame de C.....; l'éloignement que

(1) Personnages principaux de la charmante comédie
de Shakspeare, intitulée TAMING OF THE SHREW, *la Méchante femme mise à la raison.*

celle-ci ayait plusieurs fois témoigné
pour un nouveau mariage avait rendu la
confidence de M. d'A.... inutile à titre de
légitime défense. Mais il ne pouvait dé-
cemment se dispenser de l'avouer à madame de R...., qui, comme on l'a vu,
accueillit cet aveu par un éclat de rire
dont la contagion s'étendit jusqu'à monsieur d'A... lui-même.

Le mariage étant donc impossible, la
question se simplifiait singulièrement.
Il ne s'agissait plus que d'obéir à la volonté de la testatrice, ou de la violer. Il
paraît que les deux légataires étaient
pénétrés du respect que l'on doit aux
volontés des morts, car, à partir de cette
époque, jusqu'à la mort de M. d'A.....,
arrivée en 1816, madame de R..., fut sa
maîtresse, sans que l'on ait jamais eu à
lui reprocher aucune autre liaison.

Un chose assez remarquable, c'est que l'Anglaise étant morte de la poitrine en 1808, M. d'A..... n'épousa pas madame de R...

Cette madame de R.... avait une sœur qui ne se piquait pas d'une grande fidé-lité dans ses amours. Elle n'était pas jolie, et parfois il lui arrivait de se permettre, en matière de galanterie, de petits expédiens qui, en toute autre matière, auraient été de véritables escroqueries; mais les *Cours d'amour* sont abolies, et la police correctionelle ne connaît pas de ces sortes de délits.

Celui qui me revient en mémoire, et dont se rendit coupable madame de S..., offre quelques rapports avec celui dont se servit madame E... la laide, pour se passer la fantaisie du colonel dont sa sœur avait fait fi! Il a surtout, pour moi et pour les personnes qui sont au fait d'une certaine histoire, le mérite très piquant d'avoir été renouvelé depuis par une jeune personne qui, probablement, ne savait pas qu'elle pillait madame S...., et qui a, du reste, assez de fonds pour avoir trouvé, dans sa propre imagination, cette petite drôlerie.

Voici l'histoire de madame S...

Elle ressemblait de taille, de tournure, d'allures, à une jolie femme de ce temps-là, qui était assez agréable pour être fort courue, assez compâtissante pour ne pas faire toujours courir vainement, et assez occupée pour que, cependant, quelques-uns des coureurs ne pussent arriver.

On l'appelait madame de G... Madame S..... avait remarqué, parmi les admirateurs de madame de G...., un homme

fort agréable qui lui eût fort convenu.
Elle y songea si bien qu'elle finit par en
avoir la tête perdue, et quelle jura
qu'elle n'en aurait pas le démenti.

Les bals masqués de l'Opéra venaient
de reprendre; ils n'étaient pas alors ce
qu'ils sont, hélas! devenus; un bal de
l'Opéra était une chose fort divertis-
sante, où les femmes les mieux posées
n'étaient point déplacées, où elles s'a-
musaient beaucoup à intriguer des hommes de leur monde, lesquels devaient
prendre grand plaisir à ces intrigues faites avec finesse, esprit, et, si je puis m'ex-
primer ainsi, avec parfum. Et puis, que
de *suites d'un bal masqué!*

Madame S...., qui avait de l'esprit,
n'était pas une des dernières dans ces
folles et joyeuses fêtes. Un carnaval,
c'était au fort de sa passion pour M. de

M....., le soupirant de madame de G..., elle résolut de mettre à profit le domino, et elle commença ses opérations.

Il n'est pas difficile de savoir, à Paris, quand on veut prendre la peine de s'en inquiéter et de jeter quelques écus, ce que font habituellement une femme à la mode et un homme assez répandu. M. de M.... allait tous les samedis au bal de l'Opéra. Madame S... en fut informée : madame de G... n'y allait presque jamais. Madame S.... le sut également ; et son plan fut fait.

Un samedi, elle sut que madame de G... allait au bal de l'Opéra; elle s'y rendit de son côté, dissimula sa taille, de manière à ne pas être reconnue, et chercha madame de G..., du déguisement de laquelle elle avait eu le signalement par une femme de chambre gagnée.

Quand elle fut assurée que madame de
G... ne venait pas pour M. de M...., elle
se mit en quête de celui-ci, qu'elle trouva
occupé à scruter tous les dominos du
foyer, pour tâcher de deviner quel était
celui qui renfermait madame de G...
Elle lui prit le bras, déguisa sa voix,
et le conduisant vers l'extrémité du
foyer :

— Vois-tu, lui dit-elle, ce domino qui
porte sur l'épaule gauche un nœud de
trois rubans cerise, liés d'une faveur
verte?

— Eh, bien? dit M. de M...

— Eh bien, dit madame S...., c'est
celui que tu cherches.

— Qui te l'a dit?

— Que t'importe, pourvu que ce soit
Elle?

— Mais qui? demanda M. de M...

— Si tu ne sais pas ce que tu cherches ici, dit madame S...., ce n'est pas ma faute.

— Qui es-tu donc, toi, dit M. de M... pour te donner la peine de me montrer une femme que j'aime ?

— Toujours des questions, interrompit madame S.....; puisque je le fais, c'est que sans doute j'y ai un intérêt.

— Ah! je comprends, dit M. de M..., vous êtes jalouse, madame?

— Comme un tigre, dit en soupirant la pauvre madame S...

— Et qui attend madame de G...? dit tout bas M. de M...

— C'est ce qu'il est fort inutile que vous sachiez, dit madame S.... allez : essayez. Si vous êtes éconduit, entrez dans la loge numéro 27, et restez-y jus-

qu'à ce que je vous appelle. Surtout, obéis-
sez ; j'ai autant d'intérêt que vous à tout
ceci. Me le promettez-vous ?

— Oui, dit M. de M..., j'obéirai ; je
vous remercie.

Il serra avec reconnaissance la main
de madame S..., qui tressaillit malgré
elle ; puis il se dirigea vers madame
de G...., qui le reçut comme une
femme reçoit l'homme qui lui déplaît,
quand elle attend l'homme qu'elle
aime.

Pendant la demi-heure qu'il passa à
obséder cette pauvre madame de G...,
madame S... était sur les épines. Elle
avait joué un coup hardi : M. de M....
était fort aimable ; si sa combinaison allait tourner contre elle-même ! Confon-
due dans la foule, elle suivait le couple
à travers les ondulations de cette mer

vivante, et ne le perdit pas des yeux.
Enfin, à sa grande joie, elle vit madame
de G.... faire un geste d'impatience; et
elle était alors si près d'eux, qu'elle
entendit sa rivale dire à monsieur de
M....

— Eh bien, monsieur, vous ne vous
trompez pas ; j'attends ici quelqu'un;
et puisque vous savez qui je suis , demeurer malgré moi serait d'un homme
mal appris. Je vous prie de vous éloi-
gner.

M. de M... salua et gagna d'un air
consterné la loge numéro 27, où il fut
bientôt rejoint par le domino noir à taille
épaisse, avec qui il avait déjà causé.

— Eh bien ? lui dit madame S.....

— Vous m'avez fait faire une sottise,
dit M. de M...; je n'oserai plus remettre
les pieds chez elle.

— Peut-être ! dit madame S... Voulez-vous m'écouter ?

— Je suis à vos ordres, dit piteusement M. de M...

— Je l'espère bien , pensa madame de S....

Elle fit succéder à cette réflexion un instant de silence ; puis sous la barbe de son masque , elle raconta l'histoire suivante à M. de M ..

Un homme que j'aime est amoureux de madame de G.... ; elle n'est pas sa maîtresse, mais , ce soir , il doivent se trouver ici, et je suis sûre que, demain matin, il n'aura plus rien à désirer. Les mesures sont prises de telle manière qu'il est facile de les tromper tous deux. Vous, en prenant la place de cet homme, moi, en prenant vis-à-vis de lui celle de madame de G... Vous voyez, ajouta-t-

elle perfidement , que vous pouvez vous
fier à moi ; mon intérêt vous garantit ma
sincérité.

— Vous êtes un ange, dit M. de M..,
qui ne songea pas à ce qu'il y avait d'im-
probable dans la pensée de faire passer la
femme assez grosse qui lui parlait, pour
la mince madame de G...

— Vous me remercierez plus tard, dit
madame S..., restez-là ; il ne faut pas
qu'on vous revoie ; je reviendrai quand il
en sera temps.

Elle sortit là-dessus, laissant M. de
M... se délecter par avance du bonheur
qu'il allait goûter en fraude.

Tout marchait à souhait. Une demi-
heure n'était pas écoulée, que le bien-
heureux mortel à qui madame de G...
avait véritablement donné rendez-vous,
descendait l'escalier de l'Opéra , tenant

sous son bras le bras du joli domino au nœud de rubans cerise, liés d'une faveur verte, et montait avec elle dans une bonne voiture qui les eut bien vite menés là où l'amour les attendait.

Madame S... alla au vestiaire, y trouva sa femme de chambre qui ; à l'aide d'un domino exactement semblable à celui de madame de G... , fit d'elle-même une madame de G...., à s'y méprendre ; elle reprit sa jolie taille, laissa passer sous son masque quelques boucles de cheveux blonds qui auraient pu se mêler à ceux de madame de G..., sans que l'on s'aperçut de la fraude, et alla se poster dans une voiture de remise qui l'attendait à la porte.

La femme de chambre prit le domino de sa maîtresse, se fit une taille qui ressemblait à celle que s'était faite ma-

dame S....., se chargea d'un domino
d'homme, et gagna le numéro 27, où
M. de M..... commençait à trouver le
temps long.

— Mettez ceci, dit la femme de chambre de cette voix de bal masqué qui est
la même pour tout le monde.

M. de M..... s'empressa d'obéir.

— Vous êtes Édouard à présent, dit la
soubrette; je ne puis vous en dire davantage. Madame de G... est à la porte, dans
une voiture de remise, où elle vous attend; descendez; appelez Georges sous le
péristyle; un domestique de place vous
mènera à la voiture; le reste vous regarde,
les gens de la voiture sont au fait. Ne
vous trahissez pas en parlant trop. Adieu,
bonne chance.

Elle disparut sans attendre les remer-
cîmens de M. de M....., qui descendit et

appela Georges; Georges vint, le conduisit à la voiture, et ouvrit la portière
sans mot dire.

— Est-ce vous, Edouard? dit une voix
qu'il reconnut pour celle de madame de
G...... — Une des ressemblances les plus
frappantes qu'eût madame S.... avec madame de G...... était dans le son de sa
voix.

— C'est moi, dit le faux Edouard en
s'élançant dans la voiture.

La portière se referma discrètement,
et les chevaux partirent au grand trot.

M. de M..... ne savait pas où il allait;
il éprouva quelque embarras. Madame de
S...... s'en aperçut, et s'empressa de le
mettre sur la voie du sort qui lui était
destiné.

— Mon Dieu, dit-elle, je fais une
grande imprudence, même en vous ac-

cordant une heure dans cette voiture.
Edouard, ramenez-moi à l'Opéra.

Là où en était les choses, elle savait
bien qu'elle pouvait risquer cette prière
sans craindre qu'on la lui accordât.

— Diable ! se dit M. de M....., il paraît que M. Edouard n'avait obtenu qu'une
heure ; il faut profiter des instans.

Et sans plus de discours, il se mit à
profiter des instans.

Il avait voulu ôter le masque de la
fausse madame de G...

— Si vous m'aimez, lui avait-elle dit,
n'insistez pas !

Il avait ses raisons pour ne pas se montrer exigeant, lui-même gardait le sien.
Il fit une cote mal taillée, on baissa les stores et on ôta les masques L'incognito fut
respecté, et le tête-à-tête n'y perdit rien.

Il y avait près de deux heures que la

voiture roulait quand madame S... songea au rôle qu'elle jouait.

— Il doit être bien tard.

— Non, dit M. de M..., il n'y a qu'une
demi-heure que nous sommes en voiture.

Madame S.... ne jugea pas à propos de
le contredire, et la voiture continua à
rouler.

Enfin, Paris a beau être grand, une
voiture ne peut pas rouler toujours. Le
cocher, d'ailleurs, avait reçu le mot de
madame S..., qui était femme à penser
à tout. La voiture s'arrêta donc. A travers
les stores on aperçut les lanternes de l'O-
péra : le bal allait finir. Madame S..... remit son masque.

— Descendez, dit-elle à M. de M.... A
tantôt.

M. de M.... sentit le rouge lui monter
au visage. Il s'aperçut pour la première

fois qu'il avait pris la place d'un autre; il fut étourdi de ce mot :

— A tantôt !

Quand madame S.... l'avait prononcé, M. de M... était déjà descendu; sur un signe qu'elle fit à Georges, Georges releva le marchepied, s'élança derrière la voiture, et les chevaux s'éloignèrent rapidement. Ils étaient déjà au bout de la rue de Richelieu, que M. de M..., foudroyé, était encore sur les marches du théâtre. Enfin il rentra chez lui, le cœur partagé entre le plaisir d'avoir eu ce qu'il désirait, et le regret d'une mauvaise action.

Cependant sa promenade en voiture l'avait quelque peu fatigué, et il dormait encore quand on lui apporta le billet suivant :

«Vous n'avez trompé personne, n'ayez

» donc point de remords; une femme
» qui vous aimait, et qui vous aime bien
» plus encore à présent, vous a trompé;
» elle vous en demande pardon. »

Ce billet était simple et tendre tout à
la fois. M. de M....., d'abord stupéfait,
puis furieux, finit par se calmer; il se
rappela que dans sa course nocturne il
avait passé de si doux instans, qu'il ne
se sentit pas le courage d'être irrité. Puis
il chercha à deviner à qui il avait eu
affaire. Dès l'abord il pensa à madame
S..... Elle n'était pas jolie, mais elle n'é-
tait pas laide; il en prit tranquillement
son parti. Il s'habilla, alla chez elle, et la
trouva seule. En le voyant, elle rougit,
malgré sa grande habitude du monde.
M. de M... prit sa main, et la baisa si
tendrement, qu'il était impossible de se
méprendre à cette caresse, qui est admise

comme simple politesse. Madame S...... serra la main de M. de M..... ; ils ne se dirent rien : ils s'étaient compris. M. de M..... est, de tous les amans de madame S..... , celui qu'elle garda le plus long-temps.

Puisque j'ai parlé d'une aventure récente qui est copiée sur celle de madame de S...., il est juste que je dise tout de suite, sans attendre que l'ordre des temps m'amène à en parler que les victimes de mademoiselle G........h n'étaient pas ses complices. Ils croyaient bien avoir affaire à madame de V.... ; mais ils ne se faisaient point passer pour ce qu'ils n'étaient pas. Ainsi le prince B....., qui est allé en fiacre jusqu'à la place Royale, est monté dans le fiacre et en est descendu comme prince B.... ; ainsi, moi qui vous parle, si un de mes amis, qui était avec

moi, ne m'eût prévenu du guet-à-pens,
j'y tombais bel et bien ; ainsi y est tombé
M. d'E..., et bien d'autres, peut-être.
Après tout, M. de M..... était moins coupable que le prince B...., que M. d'E...,
que moi et les autres, parce qu'après
tout nous avions la fatuité de croire que
la charmante femme dont l'ingénieuse
mademoiselle G.....h prenait le nom et
l'apparence, avait la bonté de nous aga-
cer de son propre mouvement, tandis que
M. de M....., avait la conscience qu'on ne
lui accorderait rien pour ses beaux
yeux.

III.

En 1802, un négociant d'une des prin-
cipales villes du midi, et que je prendrai
la liberté d'appeler du pseudonyme de
Delaunay (1), quitta sa patrie et alla se

(1) Comme je n'invente aucune des histoires que l'on

fixer à Constantinople, où il avait des relations d'affaires. Lorsque Delaunay s'expatria, il y avait six mois qu'il était marié. Madame Delaunay était une femme charmante : son mari l'avait épousée par inclination. Cependant, depuis son mariage, on avait remarqué qu'il s'était opéré un grand changement dans le caractère de cet homme, qui avait toujours passé pour un homme aimable. Il était devenu morose et atrabilaire, de gai et joyeux qu'il était autrefois. Per-

trouvera dans cet ouvrage, on comprend qu'il m'a fallu avoir recours à la complaisance des personnes qui ont bien voulu me fournir des documens. Je n'ai accueilli, du reste, les communications qu'avec une extrême réserve, et en me montrant fort sévère sur leur authenticité. Quelque étrange que paraisse celle que l'on va lire, je crois pouvoir affirmer sur l'honneur que tous les détails en sont vrais ; si j'ai complètement changé les noms, c'est que je n'ai été autorisé à faire usage du récit que l'on avait bien voulu me faire, que sous cette condition expresse. Je n'ai usé que médiocrement de mon droit de *metteur* en œuvre, en essayant de dramatiser le sujet ; car, je le répète, tout est positivement vrai.

sonne ne pouvait se rendre compte de la cause de ce changement : ses affaires prospéraient , et on le savait , parce qu'un homme qui est dans le commerce dissimule difficilement une fausse position à ceux avec qui il est en relations habituelles. On ne pouvait pas davantage attribuer à une union qu'il avait si ardemment souhaitée, cette subite transformation, parce que la réputation de la jeune fille qu'il avait épousée était au-dessus de tout soupçon ; et il n'était pas dans la ville une seule personne qui n'eût été prête à jurer sur sa tête que madame Delaunay était arrivée pure dans les bras de son mari, et qu'elle ne lui avait donné, depuis son mariage, aucun sujet de mécontentement. On se perdait donc en conjectures sur le changement de caractère de Delaunay,

1. 7

lorsque, tout à coup, il annonça qu'il allait s'établir en Orient.

Il partit en effet; bientôt, comme c'est l'usage, on ne parla plus de lui, ni de son originalité de nouvelle date, et il ne fut plus question de lui qu'à propos des denrées orientales qu'il expédiait aux négocians de son pays, et des lettres de crédit que les banquiers qui le connaissaient donnaient sur lui aux rares voyageurs qui se rendaient à Constantinople.

Quelques années s'étaient écoulées, lorsqu'un jeune Allemand, que nous appellerons Frank, arriva à Constantinople. Ce jeune homme, qui avait fait de brillantes et solides études, voyageait pour compléter son éducation; il venait de visiter la France. Tout à coup, il lui prit fantaisie de voir l'Orient, et, indé-

pendant comme l'est un voyageur, il
partit pour la Turquie. Il se trouvait
précisément, quand il songea à entre-
prendre ce voyage, dans la ville natale
de Delaunay. Il ne lui fut pas difficile de
trouver, dans ce pays qui avait de fré-
quens rapports avec l'Orient, un banquier qui lui donnât une lettre de crédit
pour Constantinople. Comme la somme
dont Frank se faisait créditer était assez
considérable, et que le temps qu'il avait
passé dans cette ville avait mis le banquier auquel il s'adressa à même d'apprécier le mérite du jeune voyageur, le
banquier joignit à la lettre de crédit
une lettre de recommandation des plus
pressantes pour le négociant de Constantinople. Ce négociant était M. Delaunay.

Le banquier donna aussi au voyageur

une autre lettre pour un jeune Turc, avec lequel il était en relations d'amitié. Ali Ebn-Bekar reçut l'étranger, recommandé par son ami de France, avec une cordialité et une hospitalité tout orientales, et le força à se loger dans sa propre maison.

Frank ne fut pas moins bien reçu par M. Delaunay. Le négociant lui fit toutes les politesses et les protestations que l'on peut faire à un riche client, et à un homme dont on lui vantait le mérite et les bonnes qualités; et le jeune voyageur n'eut qu'à se louer de l'idée heureuse qu'il avait eue de visiter un pays où il recevait un si aimable accueil.

Il y avait un mois que Frank était à Constantinople, et le bon Ali Ebn-Bekar lui avait si bien et si franchement ex-

primé le désir de le garder longtemps,
qu'il ne songeait pas à s'en aller. Il était,
comme tous les Allemands, d'une nature rêveuse et contemplative, et quoique, dérogeant en cela à la coutume de
sa patrie, il n'eût pas laissé en Allemagne
une *promise* qui lui avait juré une fidé-
lité éternelle, il aimait, par ces belles
nuits d'Orient, sur le bord de cette mer
si poétique, à passer des heures entières
à contempler les astres qui se réfléchis-
saient en tremblottant dans les eaux
toujours bleues du Bosphore, étendu sur
de bons carreaux auprès de son ami Ali
Ebn-Bekar, qui fumait tranquillement
sa pipe, moins absorbé peut-être que
Frank dans la contemplation, mais non
moins silencieux.

Parfois Frank, entre deux bouffées de

tabac, s'écriait en italien (c'était la langue qu'Ali parlait le mieux) :

— Quest' è bello ! amico mio (1)!

— Bello, bello (2), répondait gravement Ali Ebn-Bekar.

Et les deux amis se remettaient à fumer en silence.

J'en demande pardon aux lecteurs expansifs que ce laconisme fait sourire de pitié. Frank et Ali Ebn-Bekar comprenaient tous deux la nature et l'amitié. Tous deux s'étaient juré une amitié inaltérable, et tous deux sentaient tout ce qu'il y avait de poésie dans le spectacle sublime qu'ils avaient sous les yeux ; mais peut-être trouvaient-ils qu'il y avait plus de profit à le contempler en silence , qu'à

(1) Ceci est beau; mon ami.
(2) Bien beau.

se disputer sur la manière de l'admirer.

Un soir, Ali Ebn-Bekar attendait Frank; Frank ne rentra qu'après minuit.

— Tu m'inquiétais, lui dit Ali. D'où viens-tu donc?

— Ma foi, dit Frank, j'ai rencontré ce Français pour lequel j'ai une recommandation; nous avons été prendre des sorbets chez lui, et je m'oubliais dans sa compagnie.

Ali Ebn-Bekar passa sa main sur sa barbe d'une manière qui est particulière aux Orientaux lorsque quelque chose leur est désagréable; mais il garda le silence.

— J'aime ce Français, dit Frank qui s'aperçut de la mauvaise humeur de son ami, mais qui savait que sa loyauté ne lui permettait pas de calomnier un honnête homme.

Ali Ebn-Bekar passa deux fois sa main sur sa barbe, lança une énorme bouffée de tabac, et ne répondit pas.

— Et toi, Ali? dit Frank qui venait d'allumer sa pipe, et qui s'arrangeait sur les coussins en attendant une réponse.

Ali ôta sa pipe de sa bouche, baissa un instant la tête pour réfléchir, puis dit gravement :

— Non.

— Et pourquoi cela? dit Frank en riant.

— Parce que je crois avoir le droit de ne pas l'aimer.

— T'a-t-il fait quelque chose?

— Non, dit Ali.

— Alors, dit Frank, je serais plus satisfait si tu m'avais dit :

— Je ne l'aime pas, parce que je n'ai
pas le droit de l'aimer.

— C'est juste, dit Ali, et c'est aussi ma
pensée.

— Diable! dit l'honnête Frank; et
pourquoi ne m'as-tu pas dit cela plus
tôt?

— Il y a deux raisons, dit le Turc avec
la gravité des hommes de son pays : c'est
que je ne savais pas que tu voudrais en
faire ton ami, et que tu n'étais pas encore
le mien.

— Mais, qu'est-ce donc? dit Frank en
se levant.

— Je l'ignore, dit l'impassible Ali Ebn-
Bekar; mais quand je rentre et que je
vois la fumée s'élever au-dessus de mon
toît, je suis sûr qu'il y a du feu dans la

cheminée. Il en est ainsi pour les
hommes : pour que l'on dise de ce
Français ce que l'on dit de lui, il
faut qu'il y ait quelque chose de vrai.

Frank attendait que le Turc s'ex-
pliquât plus clairement; mais celui-ci
ne voulut pas en dire davantage.

— Demain, dit-il à son ami, je te dirai
ce que je saurai. Je ne veux point parler à la légère.

Le lendemain, Frank se promenait aux
environs de la ville, lorsqu'au détour
d'une route il rencontra Delaunay : à
l'aspect du négociant, il tressaillit in-
volontairement, et il se trouva mal à
l'aise quand celui-ci lui dit d'une voix
douce :

— Monsieur Frank, voulez-vous venir
passer la soirée avec moi dans mon jardin ? Je désire vous parler en particulier.

Le premier mouvement de Frank fut de refuser :

— J'ai promis, dit-il, excusez-moi.....

Delaunay le regarda fixement ; puis il lui dit avec amertume :

— Monsieur Frank, on vous a dit du mal de moi !

— Oui, dit Frank résolument.

— Et que vous a-t-on dit ? dit vivement Delaunay.

— Rien de positif ; je vous le jure sur l'honneur.

— Et c'est pour cela que vous refusez de vous reposer chez moi, dit le négociant en prenant le bras de Frank.

Frank pressentit que le secret que Ali Ebn-Bekar ignorait ou ne connaissait qu'imparfaitement, il allait le connaître tout entier ou du moins être sur la voie qui devait le mener à la découverte ; il suivit Delaunay, qui le fit entrer dans un des nombreux jardins qui couvrent les rives du Bosphore, et où presque tous les habitans riches ont des habitations de plaisance.

Dans le milieu de ce jardin était une assez jolie maison, et, à la quantité de serviteurs qui accoururent à la voix de Delaunay, Frank vit tout de suite que cette maison était autrement habitée que ne l'est ordinairement une maison de plaisance.

Delaunay le conduisit dans un kiosque fort élégant, fit apporter des pipes, du tabac et des sorbets, et congédia tous ses serviteurs.

Frank se sentait ému sans pouvoir se rendre compte de ce qui causait son émotion. Il éprouvait ce que l'on éprouve d'ordinaire au moment de voir s'entamer quelque chose de solennel. Il sentait que Delaunay ne l'avait conduit en ce lieu que pour lui faire une confidence ; mais de quelle nature allait être cette confidence ? pourquoi le choisir, lui, Frank, pour la recevoir ? Il s'y perdait et attendait avec impatience que Delaunay entrât en matière. Il ne tarda pas à être satisfait ; mais comme, par une assez bizarre circonstance, les personnes du pays de Delaunay ne lui avaient pas dit qu'il fût marié ; comme Ali Ebn-Bekar était resté à cet égard dans une réserve excessive, Frank qui, ne voyant pas de femme chez Delaunay, le croyait ou célibataire ou veuf, Frank, dis-je, crut avoir mal entendu quand le négociant lui dit :

— C'est sans doute à propos de ma

femme, que l'on m'a peint à vous sous de si terribles couleurs.

— Votre femme? s'écria Frank, à qui ce mot retentit dans le cœur comme une soudaine révélation.

— Sans doute, reprit Delaunay avec amertume; les sots peuvent se tromper sur ce qu'ils ne voient pas ; car j'espère, ajouta-t-il avec une hauteur qui semblait déplacée dans sa bouche, quoique ce ne fût que l'expression d'un sentiment tout naturel, j'espère que l'on ne saurait trouver dans le reste de ma conduite rien dont ne se fît honneur l'homme le plus irréprochable.

— Oui, dit Frank en rougissant du petit mensonge qui, après tout, n'en était pas un, puisque ce pouvait être aussi bien à la femme de Delaunay qu'à toute autre chose, qu'avait fait allusion Ali Ebn-Be-

kar ; oui, il s'agissait de votre femme ;
mais je suis un mauvais juge dans de pareilles questions, attendu que rien n'a
été formulé devant moi.

— Mon Dieu, monsieur Frank, je vous
en dirai autant que le premier barbier
de la ville (1). Et tenez , soyons francs;
c'est pour cela que je vous ai prié de
venir ici : vous êtes un homme d'honneur,
un homme de sens, je suis bien aise de
vous ouvrir mon cœur.

Frank ne trouva pas un mot à répondre; il lui sembla qu'on l'enveloppait
dans un filet aux mailles d'acier. Delaunay poursuivit.

— On vous a dit, ou l'on vous dira,

(1) On sait que dans l'Orient les boutiques des barbiers
sont le rendez-vous de tous les oisifs, et que c'est là que
les fabricans de nouvelles vont les débiter, comme autrefois en France dans les cafés.

mon cher Frank, que j'ai une très belle
femme : ce n'est malheureusement que
trop vrai. Elle est belle, bien belle! elle
l'était du moins! on vous dira aussi que
je la renferme comme un Turc ; c'est encore vrai, malheureusement encore trop
vrai! Mais ce que l'on ne vous a pas
dit, ce que l'on ne vous dira pas, parce
qu'on l'ignore, c'est ce que je souffre de
la nécessité où je suis de la tenir enfer-
mée, la pauvre créature! Ah! monsieur Frank, si vous saviez ce que je
souffre.

Quoique Frank eût le meilleur cœur
du monde, et qu'en disant ces mots monsieur Delaunay eût éclaté en sanglots
qui n'étaient pas feints, pas un mouvement de pitié n'entra dans le cœur de
Frank pour cet homme qui fondait en
larmes : il avait compris qu'il y avait un

crime, et que le crime était dans cette douleur même. Frank ne prononça pas un mot.

Delaunay essuya ses pleurs, parut réfléchir un instant; puis, après avoir fait deux ou trois fois le tour de sa chambre :

— Monsieur Frank, dit-il, s'il était en votre pouvoir de faire revenir l'opinion sur le compte d'un homme calomnié, le feriez-vous ?

— Oui, dit Frank, dont l'ame droite ne transigeait pas avec le devoir.

— Et pour cela, il vous faudrait des preuves de son innocence ?

— Des preuves irrécusables, dit Frank d'un ton ferme qui pouvait laisser supposer qu'il craignait qu'on ne cherchât à le tromper.

— Eh bien, dit Delaunay avec un pé-

IV.   8

nible effort; venez demain ici, je vous
ferai trouver avec madame Delaunay, et
vous saurez toute la vérité.

— Toute la vérité? dit Frank.

— De sa bouche, dit Delaunay.

— Je viendrai, monsieur, dit Frank
d'un ton glacial.

— Et d'ici-là, monsieur Frank, voulez-
vous me donner votre parole que vous
ne parlerez à personne de la conversation que nous venons d'avoir.

— Je vous donne ma parole, dit Frank :
à demain, monsieur.

Il se leva; Delaunay le reconduisit
jusqu'à la porte du jardin. Frank le salua.

— Je retourne à Péra, dit Delaunay;
nous ferons route ensemble.

Quoique cette proposition déplût à
Frank, la politesse l'empêchait de refuser.

En chemin, il ne dit pas une parole. Deux ou trois fois la pensée lui vint de prendre à la gorge cet homme sur lequel il avait un avantage physique très marqué, et de le forcer à lui avouer toute la vérité ; il ne céda pas à la tentation ; mais, dès qu'il lui fut possible de quitter honnêtement M. Delaunay, il le salua et s'éloigna.

Son ami Ali-Ebn-Bekar ne manqua pas de s'apercevoir de l'agitation où cette entrevue avait jeté notre jeune Allemand. Il lui en demanda affectueusement la cause.

— Jusqu'à demain, lui dit Frank, ne me fais aucune question, et ne me parle pas de ce qui a été hier le sujet de notre conversation.

Ali se conforma aux désirs de son ami et il ne fut entre eux question de rien.

A l'heure indiquée, Frank se rendit au jardin de M. Delaunay. Il trouva un jeune Grec qui l'attendait à la porte et qui l'introduisit près de son maître.

D'après les promesses que lui avait faites Delaunay de le faire trouver avec sa femme, Frank imaginait que le négociant ne l'avait invité à dîner au jardin que parceque madame Delaunay devait paraître à dîner. Son illusion ne fut pas de longue durée. Il traversa la salle à manger pour aller au salon où l'attendait Delaunay, et il tressaillit en ne voyant que deux couverts. Depuis deux jours qu'il se trouvait mêlé, sans l'avoir cherché, à ce drame domestique, il avait senti qu'il ne toucherait pas impunément à ce feu caché sous la cendre, et qu'une importante phase de sa vie venait de commencer. Quand il fut introduit près

du négociant, Frank portait sur son visage le reflet des pensées qui l'agitaient.
Il salua Delaunay en silence.

— Vous voilà, monsieur Frank, lui dit
celui-ci avec une bonhomie mal jouée;
vous m'avez tenu parole, je tiendrai la
mienne.

— Mon exactitude prouve que j'y ai
compté, dit Frank d'un ton froidement
poli ; j'ose espérer que vous êtes toujours
dans les mêmes intentions.

Delaunay lui jeta un regard soupçon-
neux. Etait-ce donc la curiosité ou tout
autre motif personnel qui avait fait accepter à Frank, avec tant d'empressement, la mission médiatrice que l'on réclamait de sa complaisance ? Et cet homme duquel Delaunay a compté se faire
un instrument pour lancer au monde la
justification de sa conduite, vient-il au

contraire sonder ses secrets comme partie intéressée ou comme juge?

Frank qui comprit, sans en mesurer toute la portée, ce qui se passait dans l'esprit du négociant, se conduisit avec un sang-froid qui eût fait honneur à un diplomate. Il dépouilla par degrés l'air glacé qui avait effrayé Delaunay, et il opposait à la feinte bonhomie de son hôte, cette bonhomie naïve, réelle et honnête qui faisait le fond de son caractère tout germanique. Il ne parut pas éprouver le moindre désappointement en entendant Delaunay lui dire :

— Nous ne parlerons de la chose en question qu'après le dîner.

Frank au contraire lui répondit avec un sourire :

— Quand vous voudrez; cela vous regarde.

Il réussit complètement dans ce qu'il
s'était proposé, à savoir: inspirer à Delaunay une confiance illimitée. En effet,
pendant le dîner, Frank fut si calme en
apparence, si gai, si cordial, que si le
négociant avait conçu d'abord quelques
soupçons sur les intentions de son con-
vive, ils se trouvaient tout à fait dissipés
à la fin du dîner.

Delaunay fit apporter une bouteille
d'un très vieux vin de Chypre, et rem-
plissant son verre et celui de Frank:

— Je vous porte une santé, lui dit-il
en le regardant entre les deux yeux.

— Laquelle? dit Frank naïvement.

— Bah! dit négligemment Delaunay,
vous ne devinez pas?

— Ma foi non, dit l'autre avec son im-
perturbable sang-froid germanique.

— A la santé de madame Delaunay, fit

le négociant, l'œil attaché sur l'œil du
voyageur.

— De tout mon cœur, dit Frank à haute
voix.

Il lui sembla qu'une voix criait au fond
de son âme :

— Et à sa délivrance !

Après le dîner on prit le café, des sorbets, on fuma, on parla de choses et
d'autres, plus ou moins indifférentes.
Frank trouvait que les minutes étaient
des heures. Mais il était tellement maître
de lui-même qu'à son impassibilité ap-
parente on eût pu croire qu'il avait tout
à fait oublié ce qui l'avait amené en ce
lieu.

Mais Delaunay ne l'oubliait pas : quand
il se crut sûr d'avoir rencontré dans
Frank l'homme qu'il cherchait, il rompit

brusquement la conversation, et dit au jeune homme en se levant :

— Vous savez ce que vous m'avez promis. Veuillez m'attendre ici ; je reviens à l'instant.

Il sortit. Frank sentit revenir le trouble qu'il était parvenu à maîtriser. Ses artères battaient avec violence ; sa poitrine se gonflait ; il sentait son cœur bondir et sa tête fermenter. Quel spectacle allait lui être offert. Ce moment d'incertitude fut affreux. Frank ressemblait à un homme à qui l'honneur impose de braver un péril qu'il ne connaît pas, qui court avec courage au-devant de ce péril, mais qui comprend toute l'horreur de sa situation.

Enfin M. Delaunay rentra ; il était seul ; Frank respira ; il sentait que quelques minutes allaient encore s'écouler avant

qu'il fut en présence de ce dénoûment si
redouté et si impatiemment attendu.
Delaunay était pâle comme la mort ; il
ferma la porte avec soin, puis s'asseyant
ou plutôt se laissant tomber près de
Frank :

— Monsieur Frank, lui dit-il, vous allez tout savoir.

Frank était haletant ; il se contint et
ne répondit pas de peur que le son de sa
voix ne trahît l'émotion qui l'agitait.

— Il y a quatre ans, lui dit M. Delaunay, j'épousai une femme charmante que
j'adorais. Les affaires de ma maison exi-
gèrent que, six mois après mon mariage,
je quittasse mon pays natal pour venir
me fixer en Orient. Je partis donc ; mais
jugez de ma douleur, quand je vis, du-
rant la traversée, ma pauvre femme atteinte d'une ophthalmie aiguë qui lui

faisait souffrir les plus cruelles tortures.
La lumière la plus douce blessait ses yeux
comme si l'on y eut enfoncé un fer
chaud ; je consultai, dès mon arrivée, un
savant médecin anglais, établi à Constantinople depuis longues années ; il prononça un arrêt cruel : si vous voulez
conserver, non pas la vue, mais l'existence à votre femme, me dit-il, il faut
qu'elle cesse, dès aujourd'hui, de voir la
lumière.

» Ma pauvre femme disait qu'elle aimait mieux mourir que devenir aveugle
à vingt-deux ans ; ma douleur n'était pas
moins grande ; j'étais condamné à ne
plus la voir. On essaya d'abord d'un
bandeau impénétrable ; toujours la lumière, plus subtile que la main des hommes, se faisait un passage, et les tortures
recommençaient ; enfin, nous acquîmes

la triste conviction que le docteur anglais n'avait dit que la vérité, et ma
femme fut condamnée à des ténèbres
perpétuelles.

— Horreur! murmura Frank qui sentait son cœur inondé de pitié pour cette
pauvre jeune femme, et qui ne pouvait
s'empêcher d'accorder un peu de cette
pitié à l'homme qui lui parlait et qui paraissait si malheureux du malheur de celle
qu'il aimait; si malheureux de l'obligation
où il était de renoncer à la vue d'une
femme adorée.

» — Oui, reprit Delaunay, horreur! car
depuis lors ma vie est empoisonnée! Depuis lors je n'ai pas goûté une heure de
repos ni de bonheur. J'ai mis cette pauvre femme en esclavage, parceque je ne
veux pas qu'elle meure! On dit qu'il y a
des peuples sauvages qui tuent les mala-

des incurables; ces gens là sont plus ci-
vilisés que nous, et il y a plus de pitié à
tuer une pauvre créature qu'à la priver
de la lumière du ciel. Hélas! ce n'est pas
seulement la lumière du ciel; une lampe
d'albâtre, entourée de doubles mousse-
lines, l'infortunée ne pourrait pas la sup-
porter, et les souffrances qu'elle éprouve-
rait seraient telles que sa vie serait en
danger par suite des désordres que ces
souffrances occasionneraient dans le cer-
veau. Oh! mon ami, plaignez-la! plai-
gnez-moi! nous sommes bien malheureux!

Delaunay tendit la main à Frank qui
s'aperçut à la contraction de cette main
que l'émotion du négociant n'était point
feinte, et qu'il avait droit à être plaint
quand il s'écriait :

— Je suis bien malheureux !

Frank serra la main qu'on lui tendait, et pourtant il ne trouva pas un mot à dire. Serait-ce donc que les âmes honnêtes en contact avec les âmes viles se sentent averties par un intérêt secret qu'elles vont se souiller si elles se laissent aller aux penchans tendres qui les entraînent, et qu'une voix intime leur crie : le cri de désespoir qui part de cette âme, c'est le cri du remords ?

— Tout cela, continua Delaunay, je l'ai dit à deux ou trois personnes ; on s'est permis de douter de ma parole ; je voulus invoquer le docteur Simpson ; il était reparti pour l'Angleterre ou les Indes ; je n'ai pu retrouver sa trace : on m'a menacé ; ma douleur s'est révoltée contre la menace ; l'ambassadeur de France m'a fait venir ; je lui ai répondu fièrement, et à mon tour j'ai menacé, si l'on

me tourmentait encore, d'embrasser le
mahométisme, et de mettre ma liberté
sous la sauve-garde du turban. Enfin l'on
m'a laissé tranquille, cependant vous le
dirai-je? Je sais que, trop crédule d'une
part, trop incrédule de l'autre, l'opinion
publique me condamne; je le sais, et j'en
souffre; je souffre de ce que je devrais
mépriser. Je me suis posé trop fièrement
pour descendre à une concession envers
les gens qui m'ont méconnu; mais je
sens que je serais heureux dans mon malheur, de faire voir la vérité à un homme
d'esprit et de cœur, qui pourrait dire à
la calomnie : « Taisez-vous ; vous parlez
» ainsi, parceque vous ne savez pas; moi
» qui sais, moi qui ai vu, j'ai le droit de
» parler. »

» Voulez-vous être cet homme, monsieur Frank? Voulez-vous venir avec moi

au sein de ces ténèbres, dans lesquelles vit plongée cette pauvre victime? Voulez-vous l'entendre vous dire tout ce qu'elle a souffert ? Et quand vous aurez entendu ces choses, quand vous saurez à quoi vous en tenir, êtes-vous homme à tenir le langage dont je vous parlais tout à l'heure? »

Le grand sens dont était doué Frank, et peut-être aussi une invincible prévention contre Delaunay, ne lui permirent de voir dans la seconde partie du discours de cet homme, que ce qu'il y avait réellement, c'est-à-dire, le désir de se réhabiliter aux yeux du monde, dont la considération lui était utile. Il se sentit sur le point de se lever et de lui crier :

— Vous êtes un monstre!

Mais la pensée dominante qui l'avait amené chez Delaunay le retint; on lui offrait le moyen d'approcher cette femme ; il n'hésita pas. D'ailleurs, il ne songea pas une minute que ce qu'il venait d'entendre pouvait ne pas être vrai.

— Vous savez ce que je vous ai dit hier, dit-il à Delaunay ; je vous le répète ; je suis à vos ordres.

Delaunay se leva et fit signe à Frank de le suivre.

Le trouble de Frank était à son comble. S'il avait été moins naïf et plus au courant des passions, il se fut aperçu que ce trouble qu'il éprouvait en approchant de l'appartement de cette femme, ne provenait que d'une chose, à savoir : qu'il en était passionnément amoureux.

Amoureux d'une femme que l'on ne connaît pas ? que l'on n'a jamais vue ? que l'on ne verra jamais ? d'une femme infirme ?

IV. 9

Pourquoi pas?

Pourquoi pas amoureux d'une femme que l'on n'a jamais vue? On l'est bien d'une femme que l'on a vue, quoique sur mille autres cette vue n'ait produit aucun effet? La vue n'étant pas d'un effet sûr, on peut donc s'en passer comme agent.

Pourquoi pas amoureux d'une femme que l'on ne verra jamais? On l'est bien d'une femme que l'on ne verra plus.

Pourquoi pas amoureux d'une femme infirme? Ne l'est-on pas d'une femme méchante, colère, trompeuse, jalouse? Si l'amour tient contre les défauts, ces maladies de l'âme qui blessent tout ce qui approche celle qui en est affligée, pourquoi ne tiendrait-il pas contre une infirmité, douloureuse maladie du corps, qui ne blesse que la pauvre victime qui en **est atteinte?**

Bref, Frank était amoureux de madame Delaunay : toutefois, il ne s'en rendait pas compte.

Il suivait son guide en silence. Quand ils furent vis à vis une porte, Delaunay s'arrêta et dit :

— C'est ici !

Frank sentit ses jambes se dérober sous lui, et fut obligé de s'appuyer contre la muraille.

On entra dans l'appartement. Une lampe, qui jetait une lueur sépulcrale, servait à peine à se guider dans la première pièce. Delaunay s'arrêta encore et dit d'une voix mal assurée :

— Voilà sa chambre.

En disant ces mots, il prit Frank par la main, et, soulevant une épaisse portière qu'il laissa retomber aussitôt, il l'intro-

duisit dans la chambre de la pauvre jeune
femme.

Delaunay ne quittait pas la main de
Frank ; il le fit asseoir près de lui sur
un sofa qui était à l'entrée, puis il dit :

— Ma bonne amie, je suis là avec
Monsieur Frank, cet ami dont je vous ai
parlé.

— Monsieur, dit une voix d'ange qui
partait de l'extrémité opposée de la
chambre, je vous suis reconnaissante
d'avoir bien voulu descendre dans mon
tombeau.

Cette voix était si douce, elle retentit si
sympathiquement dans le cœur de Frank,
qu'il commença à comprendre ce qu'il
éprouvait.

— C'est moi, dit-il en cherchant à maîtriser son émotion, qui vous dois beaucoup, madame, pour avoir bien voulu

m'admettre à l'honneur de pénétrer dans votre solitude.

— Elle s'y accoutume, dit Delaunay.

Frank entendit distinctement un soupir du côté d'où était venue la douce voix. Il lui sembla que les paroles de son hôte étaient le rugissement de la bête féroce jouant avec la proie qui gémit sous ses ongles.

— On ne s'accoutume pas à la souffrance, dit la voix.

— Vous souffrez beaucoup, madame? dit Frank avec intérêt.

— Beaucoup, répondit la voix dont le timbre voilé annonçait que ces yeux, condamnés à ne plus voir, n'avaient pu l'être à ne pas pleurer.

— Même dans les ténèbres? continua Frank, qui s'affermissait dans son rôle de juge instructeur.

— Oh! oui, même dans les ténèbres.

Il aurait fallu être idiot pour ne pas comprendre que, dans cette réponse, *même* voulait dire *surtout*.

Frank comprit et frissonna.

— Mieux vaut souffrir dans les ténèbres, dit Delaunay d'une voix sombre, que mourir en revoyant le jour.

— Peut-être, dit douloureusement la douce voix.

— Vous feriez croire à mon ami que l'on vous retient ici malgré vous, dit le négociant.

— Je n'ai pas dit cela, dit la voix d'un ton plaintif.

La traduction n'était pas plus difficile que précédemment. Frank donna à cette exclamation son véritable sens et comprit qu'elle signifiait :

— Il n'est que trop vrai !

— Je ne saurais avoir une pareille
pensée, dit-il, en faisant sur lui-même
un grand effort pour trahir hautement
ce qu'il avait dans le cœur ; vous savez ce
que je vous ai dit ; je tiendrai ma parole ; et pour preuve de ma sincérité,
pour preuve de la confiance que j'ai en
la vôtre, comme je n'ai plus guères
qu'un mois à demeurer à Constantinople,
je vous prie de me permettre de venir,
avant mon départ, une ou deux fois offrir à madame mes hommages et l'expression de mon respect.

Le coup était hardi. Franck entendit
dans l'ombre Delaunay grincer des dents
et un soupir de remercîment partir du
côté où était la douce voix.

Delaunay se vit enferré. Mais il s'était
trop avancé pour reculer. Il fallut con-
sentir à ce que demandait Frank. L'é-

tranger et la prisonnière échangèrent quelques phrases de politesse, et les deux hommes se retirèrent.

Quand ils furent sortis de ce triste appartement, mausolée qui avait pour hôte une créature vivante, Delaunay était plus pâle encore que lorsqu'il était revenu près de Frank, et qu'il lui avait fait sa confidence.

— Vous avez touché du doigt la vérité, dit-il à Frank d'une voix étouffée, vous serez à même de renouveler cette expérience ; je compte sur votre honneur pour l'exécution de la parole que vous m'avez donnée.

— Je n'ai pas besoin que l'on me rappelle mes devoirs, dit Frank avec un peu de hauteur ; Dieu, qui lit dans les cœurs, sait si le mien est rempli de l'amour de la justice.

Ces deux hommes étaient gênés l'un près de l'autre ; la conversation fut abrégée et Frank se retira la rage dans le cœur, quoiqu'il lui eût été difficile de préciser ce qu'il éprouvait.

Il rentra et trouva Ali-Ebn-Bekar qui l'attendait.

— Tu viens de chez Delaunay ? lui dit Ali.

— Oui, dit Frank, et j'ai bien peur que cet homme ne soit un grand scélérat.

— Je l'ai toujours pensé, reprit Ali.

— Ah ! mon ami, s'écria Frank douloureusement, cet homme est marié !

— Je le sais, dit froidement le Turc.

— Et il enferme sa femme, parceque, dit-il, la lumière du jour la tuerait.

— Je sais encore cela, reprit Ebn-Bekar, du moins je sais qu'il le dit, mais je ne l'ai jamais cru. Il faudrait que sa

femme elle-même me le dit pour que je
pusse le croire.

— Ah! dit Frank avec un grand soupir,
elle me l'a dit.

— A toi! tu l'as donc vue?

— Vue? non. Mais je suis resté une
demi-heure avec elle et son mari dans
une chambre où régnait l'obscurité de
la mort.

— Et elle t'a parlé de sa maladie? dit
le Turc.

— Oui, dit Frank en laissant tomber
sa tête dans ses mains. Ali-Ebn-Bekar
continua à fumer en silence.

Tout à coup Frank bondit comme un
lion blessé pendant son sommeil; la traduction des paroles de madame Delaunay
a tout à coup retenti dans son cœur; il
se souvint de *même dans les ténèbres*, que
le truchement intime avait traduit par

surtout dans les ténèbres; il se souvint de cette réponse : *Je n'ai pas dit qu'on me retint de force!* qui lui avait traversé le cœur comme un trait glacé, quand il avait compris au son de la voix qu'elle voulait dire : *Oh! vous, qui que vous soyez, qui m'entendez, sachez que c'est la violence qui m'impose une si misérable vie!*

— Ali, dit-il à son ami, cet homme est un monstre; sa femme n'est point aveugle, il faut la délivrer.

Quoique Ali-Ebn-Bekar ne comprit pas bien, en sa qualité de Turc, quel grand crime pouvait commettre un mari en enfermant sa femme, il avait une âme si droite que l'idée de fourberie et de violence rendait méprisable, à ses yeux, l'homme qui s'en rendait coupable, l'eût-ce été pour s'assurer un droit qu'on ne pouvait lui contester. Il tendit la main à

Frank et lui dit avec son calme ordinaire.

— Il faut la délivrer.

Frank lui serra la main à la lui briser.
Ali sourit et reprit :

— Tu l'aimes !

— Moi? dit Frank en rougissant.

— Je ne te fais pas une question, poursuivit Ali-Ebn-Bekar ; je te fais part d'une observation sur un fait dont tu n'as peut-être pas encore connaissance. Tu l'aimes ! j'en suis fâché ! mais, puisque cela est, qu'y faire ?

Cette doctrine de fatalité ne pouvait manquer de plaire à Frank ; il garda le silence, et ce silence semblait dire que, comme Ali, il ne voyait pas qu'il y eût rien à faire, sinon de délivrer madame Delaunay.

Ali le fit asseoir près de lui ; Frank lui

raconta tout ce qui s'était passé. Ali ne
l'interrompit pas une seule fois ; seulement à mesure que Frank lui rapportait
une circonstance dont il était frappé, il
ouvrait un doigt de la main gauche.
Quand Frank eut achevé, Ali avait quatre doigts de la main gauche ouverts.

— Quatre choses m'ont frappé dans ton
récit, dit-il à Frank. La première, que je
connaissais, c'est la menace, faite par
Delaunay aux autorités européennes, de
se faire musulman si on l'inquiétait. Tu
sais que nos lois nous donnent sur nos
femmes un pouvoir absolu ; on ne peut
donc pas procéder par la voie légale.

La seconde, c'est que madame Delaunay sait l'allemand, et que son mari n'en
comprend pas un mot.

La troisième, c'est qu'elle ait pris soin
de t'en instruire.

La quatrième enfin, c'est que tu aies demandé et obtenu la permission de revenir. Dans l'hypothèse qu'elle est victime de la jalousie ou de la vengeance de son mari, ce n'est pas pour rien qu'elle t'a donné tous ces détails; tu dois lui adresser la parole en allemand et elle te répondra dans la même langue. La chose marche toute seule. La question sera directe, et la réponse précise. On ne peut avoir un plus sûr moyen de savoir à quoi s'en tenir. Quant à présent, voici la conduite qu'il te faut tenir. Observe-toi vis à vis de Delaunay; fais-lui bon visage; vois-le, comme par le passé; ni plus ni moins. Il faut peut-être opposer un peu de ruse à la ruse; témoigne-lui de l'estime; qu'il ne s'aperçoive pas que le résultat de la démarche qu'il a hasardée a été de te rendre amoureux de sa femme,

et son ennemi, à lui, au lieu de te prouver, comme il le voulait, qu'il est le
meilleur des maris. Quand on n'a pas
avec soi tout ce qui est nécessaire pour
attaquer le lion que l'on veut détruire, il
faut attendre qu'il sommeille ou qu'il
aille boire à la fontaine pour s'emparer de
lui ou le tuer par surprise. Si cet homme
a dit vrai, d'ailleurs, il mérite ton amitié ;
s'il a menti, c'est une bête féroce qu'il
est permis d'attaquer par tous les moyens
possibles.

Les conseils d'Ali étaient bons. Frank
résolut d'en profiter. Peut-être n'a-t-il
pas été fait mention, lors de l'entrevue
dans la chambre, de la circonstance de
la langue allemande. La chose était venue
tout naturellement. Madame Delaunay,
élevée par une bonne qui était allemande, parlait cette langue comme le fran-

çais ; elle avait reçu une brillante éducation qui l'avait mise à même de perfec-
tionner ce premier enseignement, et
elle lisait les poètes allemands comme
elle aurait lu Racine et Corneille. Dans
la conversation elle trouva moyen, quand
Frank lui dit qu'il était Allemand, de lui
dire qu'elle parlait [sa langue, et elle
ajouta négligemment :

— Il y a bien longtemps que je n'ai
parlé allemand : personne autour de moi
ne l'entend, pas plus M. Delaunay que
les autres :

La pensée de parler allemand à cette
femme, devant son mari qui ne l'entendait pas, ne vint point au naïf et candide
voyageur. Mais, sur l'observation d'Ali,
il comprit l'occasion qu'il avait laissé
échapper, et se promit bien de réparer
son tort. Quelque répugnance qu'il eût

à suivre la dernière partie des conseils d'Ali Ebn-Bekar, il prit son parti en homme résolu à arriver à son but. Il alla revoir M. Delaunay, qui lui fit un accueil des plus gracieux ; deux ou trois jours après, Frank se trouvant dans un café, avec lui et plusieurs personnes qui faisaient assez mauvais visage au négociant, Frank, dis-je, saisit cette occasion de se débarrasser de la tâche qui pesait le plus à sa loyauté : la justification de Delaunay. Il amena adroitement la conversation sur un terrain d'où, par une transition toute naturelle, il lui fut facile d'entrer sur celui où il voulait se placer. Enfin il en vint à prononcer le nom de madame Delaunay.

— Pauvre femme, dit-il, si jeune, et, dit-on, si belle, être condamnée à d'éternelles ténèbres ! Il faut, comme moi, l'avoir entendue, lui avoir parlé, pour comprendre qu'après elle, le plus malheureux, le plus à plaindre, c'est celui qui veille à l'exécution de cet épouvantable régime ! Oui, je ne crains pas de le dire, peut-être est-il lui-même plus à plaindre que cette pauvre créature.

Ces paroles furent dites avec tant de chaleur, tant de sentiment (car Frank pouvait y attacher un sens que lui seul devait connaître), que les assistans ne purent s'empêcher de jeter un regard de pitié sur Delaunay, qui pressait avec effusion la main du voyageur. On voyait que les vieilles préventions s'effaçaient sous la parole de ce jeune homme si ardent, si beau, si naïf, que tous avaient appris à estimer depuis qu'il était dans le pays, et que sa position et sa loyauté connues ne permettaient pas de prendre pour un compère. On l'interrogea. Il dit ce qu'il crut pouvoir dire sans rougir vis-à-vis de lui-même d'une complaisance trop grande. Il ne se fit point le panégyriste de Delaunay; mais il lui rendit l'estime des honnêtes gens qui hésitaient à la lui accorder. Frank sentit bien qu'il trompait ces honnêtes gens; mais il sentait aussi qu'il le fallait pour la réussite de son projet, et puis, disait-il, ce ne sera pas pour long-temps.

.Un mot assez adroit, que Frank avait lancé dans cette circonstance, lui assura le renouvellement de l'entrevue qui ne laissait pas que de l'inquiéter.

— Oui, s'était-il écrié, je me suis trouvé avec elle, je m'y trouverai encore; son mari m'a permis de renouveler cette triste visite.

Delaunay fit une assez laide gri-
mace, qu'il essaya de dissimuler, mais
qui n'échappa point au regard de
Frank.

Huit ou dix jours après cette conversation, qui avait consacré la réhabilita-
tion de Delaunay, Frank l'amena si
adroitement sur le terrain où il voulait
le conduire, que le négociant ne put
faire autrement que de proposer au
voyageur de le conduire près de sa
femme. Frank accepta, comme on le
pense bien : il était devenu tout à fait
maître de lui-même. Doué d'une ame
grande et forte, plein d'honneur et de
droiture, il était déterminé à savoir la
vérité ; et, dans le cas où les choses seraient conformes à ce que disait Delaunay, à étouffer cet amour qui, il le sentait bien, s'était emparé de son cœur ;

mais aussi, dans le cas ou Delaunay ne serait qu'un imposteur, Frank avait juré d'arracher cette malheureuse femme à la persécution, et de lui consacrer son existence, si elle voulait répondre à l'a-mour de celui qui tenterait tout au monde pour la délivrer. Cette résolution avait produit ce que produit toujours une résolution énergique chez les hommes d'une nature d'élite : plus de troubles, plus d'hésitations ; le but était devant lui ; il marchait droit au but.

Il était donc fort calme en apparence, quand il pénétra, avec Delaunay, dans le tombeau de cette pauvre victime. On causa de choses indifférentes ; puis on parla de poésie. Frank établit une comparaison entre la poésie allemande et la poésie française. Quand la discussion fut engagée, Frank, qui allait avoir enfin la clé de tout ce mystère, et dont le cœur battait avec violence, dit avec le plus de tranquillité possible à madame Delaunay :

— Ah ! madame, veuillez entendre ceci, et vous me direz ensuite si j'ai tort.

Puis, le voilà qui se met à débiter avec assurance une période allemande, dont la traduction littérale n'était rien moins que ce qui suit :

« Dites-moi la vérité. Êtes-vous ma» lade ou victime ? Ces ténèbres sont» elles un remède ou un cachot ? Si vous » souffrez, pardonnez-moi et répondez» moi en français que j'ai tort ; si vous » êtes ici prisonnière, espérez ; je vous » délivrerai, dût-il m'en coûter la vie.

» Pour toute réponse, dites-moi : Vou
» avez raison ! »

Frank avait réuni tout ce qu'il avait
de forces pour prononcer ce petit discours : le son de sa voix n'avait pas
trahi l'émotion qui l'agitait intérieurement. Madame Delaunay garda le silence.

— Eh quoi! madame , dit Frank en
tremblant, vous ne me répondez pas?

— Elle ne vous a peut-être pas compris, dit Delaunay avec humeur.

— Vous m'avez bien compris, madame? dit Frank qui commençait à trem-
bler.

— Oui, murmura la pauvre femme.

— Eh bien! dit le voyageur, ai-je
tort ?

— Non, dit d'une voix faible madame Delaunay.

— Ah! s'écria Frank en frappant dans ses deux mains; j'avais raison; n'est-il pas vrai, madame? dites-moi que j'avais raison.

La pauvre créature trouva à peine assez de force pour laisser échapper sa réponse : cependant, ce fut avec un indicible bonheur que Frank entendit le *oui* qui confirmait toutes ses espérances! Ses espérances! oui, c'est le mot! Il serait tombé dans une cruelle déception, si cette femme lui avait répondu : Que me voulez-vous? je suis malade! — Il lui aurait fallu renoncer à elle; estimer Delaunay! Maintenant, il n'a plus qu'à le combattre; la tâche est facile. La délivrance de celle qu'il aime est le prix de la lutte.

Il délibéra un instant s'il ne s'élance-
rait pas sur Delaunay pour le forcer à
donner la liberté à cette infortunée ; mais
il réfléchit promptement à ce que cette
pensée avait d'imprudent. Seul, entouré
de ténèbres, dans une maison qu'il ne
connaissait pas, et dont chaque pierre,
disposée d'après les intentions du maître,
obéissait peut-être, par de secrets res-
sorts, à sa volonté, Frank comprit qu'il
exposait sa vie sans fruit pour celle qu'il
voulait arracher à la torture. Il coupa
court à la conversation, sous prétexte
qu'une discussion sur une langue que ne
connaissait pas M. Delaunay, devait être
sans intérêt pour lui ; il demeura encore un quart-d'heure, pendant lequel
madame Delaunay, accablée par ce
qu'elle venait d'entendre, troublée par
l'espoir de recouvrer sa liberté, fut inca-

pable de prononcer un seul mot ; et lorsque Frank se retira , et qu'il prit congé,
ce fut à peine si la pauvre femme trouva
la force de lui répondre.

Frank était hors de lui quand il rentra
chez Ali Ebn-Bekar. Il lui rendit compte
de ce qui venait de se passer. Le bon
Ali frémit et de l'épouvantable certitude
que son ami venait d'acquérir, et des
périls où il allait peut-être se précipiter.
Cependant, il ne lui fit pas d'observa-
tions : son grand sens lui avait appris
qu'il est des circonstances dans la vie où
l'on peut déplorer la position ou la conduite d'un ami, mais où ce serait folie,
quelque raisonnable du reste que fût
cette proposition en elle-même, de lui
proposer de renoncer à ce qu'il a dessein
de faire.

Ali se mit à la disposition de Frank.

Ils prirent leurs mesures comme devaient
les prendre deux hommes également dé-
cidés, également intelligens, dont l'un
avait toute l'énergie que donne l'amour,
et l'autre toute la prudence et tout le
sang-froid que donnent l'amitié et la
raison. Ils avaient de l'argent; en moins
de huit jours, Frank fut en état de pénétrer dans cette maison de campagne
qu'habitait Baptistine (c'était le nom de
madame Delaunay), maison confiée à
une surveillance en laquelle Delaunay
se confiait si complètement!

Comme la chose ne pouvait se faire
violemment, il devint indispensable que
Frank eut une entrevue avec madame
Delaunay avant le jour de l'enlèvement.
Il n'avait pas été question de gagner la
vieille femme qui la servait; c'était la
nourrice de Delaunay : on l'aurait faite

reine de France, qu'elle aurait refusé
de trahir son maître ; elle se serait laissé
tuer plutôt que de servir à la trahison.
Tout le reste de la maison appartenait
à Frank, hors un renégat qui couchait
dans le jardin ; lequel, je ne sais pourquoi, était également à l'abri de la cor-
ruption. Ces deux cerbères étaient un
peu gênans. Rien n'était plus facile que
d'endormir la vieille ; mais du dehors,
si l'on se permettait d'avoir la moindre
lumière, le renégat le voyait et tout était
perdu. On eût bien pu les endormir tous
les deux ; mais les soupçons alors étaient
éveillés ; et comme l'enlèvement n'était
prêt que pour deux ou trois jours après
celui où devait avoir lieu l'entrevue, on
se trouvait assez embarrassé.

Voici ce que décida la sagesse d'Ali
Ebn-Bekar :

— Puisque, dit-il à Frank, tu peux
t'introduire sans que le renégat s'en
aperçoive, fais endormir la vieille par
un innocent somnifère : tu n'auras pas
de lumière ; mais tu ne vas à ce rendez-
vous que pour fixer la grande affaire,
qui est le départ. Il n'y a pas besoin de
lumière pour cela. Tu restes un quart-
d'heure, et tu reviens ; puis, le jour fixé,
on fait ce qu'il y a à faire ; et si je rencontre le renégat sur ma route, je l'en-
voie savoir là-haut, plus tôt qu'il n'y
comptait, laquelle de ses deux religions
est la meilleure.

On voit qu'Ali-Ebn-Bekar, qui était
honnête homme et bon mahométan, n'aimait pas les renégats. Il avait bien raison.

Frank suivit de point en point les
avis de son ami. Le serviteur chargé de

préparer les alimens de la vieille nourrice glissa le soir dans son vin un petit
paquet que lui remit le jeune Allemand,
et qui contenait le plus innocent des
somnifères. La vieille s'endormit profondément, et elle eût ronflé à côté d'une
pièce de quarante-huit pendant dix heures sans s'éveiller. A l'heure convenue,
pendant que le renégat faisait sa ronde,
un des hommes qui était à la dévotion de
Frank l'introduisit par la droite du jardin, profitant de l'instant où le renégat
était à la gauche, et cinq minutes après
il était dans la fatale chambre obscure.

En y entrant, il sentit que tout le courage factice qu'il s'était imposé pour arriver à son but, l'abandonnait au moment où il touchait à ce but. Dans l'obscurité il rencontra la main de Baptistine,
il la saisit, la porta à ses lèvres, et la

couvrit de ses larmes sans pouvoir faire un mouvement. La pauvre enfant était encore bien plus émue : elle tremblait de tous ses membres. Enfin Frank l'attira vers lui, la serra contre son cœur, et aux palpitations du cœur qu'il pressait contre le sien, aux soupirs qui se mêlaient à ses soupirs, il sentit qu'il était aimé; que de loin son cœur avait été compris; le bonheur inonda son ame; il sentit renaître son courage, il osa donner un baiser qui lui fut rendu dans l'ombre, et ces ténèbres, complices des tortures qu'avait imposées un mari coupable, devinrent les complices de la vengeance pleine et entière qu'en tirait le libérateur.

Pour parler sans métaphores on peut dire, en restant chaste et retenu, que Frank fut aussi heureux que peut l'être un homme en pareil cas. Eve, au moment où elle fut formée, n'était pas plus entièrement pure que ne l'était Baptistine au moment où le délire de ses sens la mit aux bras de Frank.

Elle n'avait eu un mari que pour être torturée.

C'était là, du reste, le mot de cette épouvantable énigme. Voici ce que raconta madame Delaunay au voyageur :

« Lorsque M. Delaunay épousa Baptistine, il en était éperduement amoureux. Elle ne l'aimait point; mais son cœur était aussi vierge que sa personne ; elle n'aimait que ses fleurs, ses oiseaux, sa musique et ses livres ; elle était innocente comme l'enfant qui vient de naître; il ne lui parut donc pas extraordinaire que M. Delaunay n'ait pas exigé d'elle ce

que sa mère lui avait dit qu'il était en
droit d'exiger. Il est vrai qu'elle n'avait
pas bien compris ce que cela voulait
dire. Pendant six mois, Delaunay ne
lui parla de rien ; et, quoiqu'elle eût eu
avec sa mère, à ce sujet, une explication
où celle-ci était entrée dans des détails
un peu plus clairs, les choses en étaient
restées là, parce que la mère de Baptistine, qui avait entendu parler des fre-
daines antérieures de Delaunay, n'attri-
buait sa manière d'être qu'à un état de
maladie passager, et que des femmes bien
élevées n'aiment pas à entrer en conver-
sations sur cet article avec un homme.

»Ce ne fut que lorsque Delaunay partit
pour l'Orient, que la mère de Baptistine,
qui avait interrogé sa fille, se détermina

à parler à son gendre. Celui-ci envoya promener sa belle-mère, et partit, sans prendre congé, trois ou quatre jours après cette scène, dont le secret avait été gardé sans doute par le voyageur.

» A peine Delaunay fut-il arrivé à Constantinople, que ses procédés envers sa femme changèrent aussitôt. Un docteur anglais, nommé le docteur Simpson, le voyait tous les jours, et tous les jours Delaunay prenait des remèdes que lui apportait le docteur, quoiqu'il ne fût pas malade. D'un autre côté, Baptistine avait été mise en charte privée, sous la surveillance de la vieille nourrice, et il lui avait été déclaré qu'elle ne verrait personne au monde. La pauvre enfant avait failli en devenir folle. Mais elle eut bientôt l'explication de ce mystère.

Un soir, Delaunay lui déclara qu'il voulait user avec elle des droits que lui donnait son titre de mari. Elle ne trouva pas la proposition fort de son goût; mais elle s'y soumit sans paraître mécontente. Hélas! plût à Dieu, pour le bonheur de Baptistine, que ce titre d'époux eût suffi à Delaunay pour qu'il pût être complétement son mari. Mais le malheureux, épuisé sans doute par des excès ou des maladies antérieures, était réduit à l'état ou la passion de la bonne musique réduisait jadis les enfans de la belle Italie. La débauche était dans son cœur; mais c'était tout; en vain il essaya, en fatiguant la pauvre Baptistine de ses tentatives infructueuses, d'en venir à son honneur. Baptistine sortit du lit nuptial, dressé pour la première fois depuis six mois, aussi vierge qu'elle y était entrée.

»Rien ne peut peindre la rage de Delaunay. Pendant deux mois, il soumit l'infortunée à des essais réitérés, aidés de tous les moyens qu'un émérite en luxure pouvait employer. Enfin, trop assuré de son impuissance, il lui apprit qu'elle était condamnée à ne plus voir le jour; que le monde saurait par lui qu'elle était attaquée d'une opthtalmie aiguë qui la tuerait si elle voyait la lumière; que si la vérité était connue par elle, il la poignarderait et se ferait Turc pour échapper à la réclamation des autorités françaises.

» La peur de la mort avait effrayé la pauvre Baptistine. Elle se crut d'abord trop heureuse d'être délivrée à ce prix des obsessions de son mari. Mais sa captivité avait fini par lui peser, et, de jour en jour, elle pensait à se délivrer de cette éternelle torture en se donnant la mort. Heureusement, Frank était venu et l'amour avec lui. Tout le passé était oublié. L'avenir seul restait ; elle allait fuir ; elle allait voir le ciel, le soleil, les fleurs, elle allait aimer et être aimée ; elle allait être heureuse. »

Quand elle eut fait ce récit à son libérateur, il prirent jour pour la fuite ; ils convinrent de leurs faits, et pendant une autre ronde du renégat, Frank s'éloigna, non sans avoir encore pressé mille fois cette femme charmante contre son cœur.

Hélas ! s'il est parfois des pressentimens qui nous avertissent des malheurs qui nous menacent, bien souvent aussi l'illusion nous aveugle, et nous chantons près de l'abîme, sans nous douter de ce qui nous est réservé. Frank rentra chez lui le cœur plein de bonheur! quelles délicieuses heures il venait de passer! Baptistine, en lui parlant dans l'ombre, lui avait fait la description de sa gracieuse personne : elle avait les yeux bleus et les cheveux châtains; sous ses mains et sous ses baisers il avait pu deviner les charmans contours de son visage et de sa taille; il reconstruisait avec complaisance, par la pensée, l'image virginale de celle qui venait de se donner à lui. Il était heureux, le pauvre Frank! heureux comme le sont tous les cœurs honnêtes quand ils aiment et qu'ils sont aimés!

Le lendemain matin, il descendit ra-

dieux chez Ali Ebn-Bekar. Avec sa prudence de Turc, Ali, tout en le félicitant,
lui dit :

— Attendons la fin pour nous réjouir.

Frank en voulut presque à son ami
pour ce nuage dont celui-ci obscurcissait
le bel horizon qu'il avait laissé se déployer
devant lui. Il sortit, et se dirigea vers
l'habitation de Delaunay.

Malgré la confiance que Frank avait
dans l'avenir, il ne put se défendre d'un
mouvement de terreur en voyant cette
maison fermée. Il frappa en tremblant :
bientôt il sentit une sueur froide inon-
der son visage et sa tête s'égarer. Personne ne répondait. Enfin un voisin sortit de chez lui, et demanda au jeune
homme s'il n'était pas l'étranger qui lo-
geait chez Ali-Ebn-Bekar.

— C'est moi-même, balbutia Franck ;
pourquoi cette question?

— C'est que je suis chargé de vous remettre une lettre, dit le voisin. La voilà.

Frank, qui tremblait comme si cette
lettre eût contenu son arrêt de mort,
l'ouvrit d'une main mal assurée. A peine
eut-il la force d'achever la lecture des
quelques mots qu'elle contenait :

« Monsieur Frank est prié de prendre
la peine de passer chez Monsieur R..,
demeurant.... »

Il n'y avait pas de signature ; ce n'é-
tait même pas l'écriture de Delaunay.

— Et M. Delaunay ? dit Frank avec hésitation.

— Il est parti ce matin au point du

jour, dit le voisin ; c'est sa vieille nourrice qui m'a apporté cette lettre. J'allais
vous la porter lorsque je vous ai aperçu
de chez moi ; je pensais bien que c'était
vous qui étiez M. Frank. J'ai fait ma
commission ; bonjour.

Le voisin se retirait ; Frank l'arrêta.

— Un mot encore , lui dit-il ; n'y a-t-
il plus personne dans cette maison ?

— Personne , dit le voisin. Tout le
monde a été congédié au moment du départ.

— Et où est allé M. Delaunay ? hasarda
Frank timidement.

— Je l'ignore. Sa lettre ne vous le dit-
elle pas ?

Frank ne poussa pas plus loin ses in--
vestigations, qui lui paraissaient faites
en pure perte. Il se rendit chez M. R...

— Monsieur, lui dit-il, un mot que m'a fait remettre M. Delaunay m'invite à passer chez vous. Pouvez-vous m'apprendre...

— C'est à M. Frank que j'ai l'honneur de parler, dit le banquier.

— Oui, monsieur.

— En ce cas, monsieur, je suis à vos ordres pour vous compter le montant d'une lettre de crédit de M. B...., de...., moins les sommes que vous avez touchées de M. Delaunay.

— Je vous remercie, monsieur, dit Frank; mais ne pourriez-vous pas me dire ce qui a déterminé M. Delaunay à partir si précipitamment?

— Je l'ignore complètement, dit le banquier; et je vous avoue que j'ai cru que vous seriez mieux informé, vous qui viviez dans son intimité.

Frank n'écoutait plus. La foudre l'eût frappé, qu'il n'eût pas été plus anéanti. Il courut aux consulats des diverses puissances, au bureau des passeports; on sut que Delaunay était parti avec sa femme dans une barque qui lui appartenait, et qu'il s'était rendu à bord d'un vaisseau suédois qui mettait à la voile. Frank n'hésita pas; Il fit ses adieux au fidèle Ali Ebn-Bèkar, et se mit à la poursuite des fugitifs comme s'il eût eu sur la femme de celui qu'il brûlait d'atteindre, les droits réels qu'avait celui-ci. Il apprit qu'il s'était fait débarquer en Sicile sous un faux nom, et peut-être fût-il parvenu retrouver ses traces si un navire anglais, sur lequel il avait pris passage, n'avait été capturé par un corsaire français. Quand Frank eut fait connaître qui il était, il fut mis en liberté; mais Delaunay

avait de l'avance, et il fut impossible à
Frank de savoir ce qu'il était devenu. Il
rentra en France, et alla dans la ville natale de Delaunay et de Baptistine. Il vit
la mère de cette infortunée, qui avait également fait de vaines recherches pour apprendre où était sa fille. Frank dépensa
des sommes folles dans ses investigations;
il crut une fois être sur la voie; mais
l'homme qui lui était désigné voyageait
seul, se disait veuf; Frank recula devant
l'explication de ce fait : Baptistine est-
elle morte à la peine? le monstre s'en
était-il défait? Si l'homme en question
était vraiment Delaunay, l'une de ces
deux hypothèses était la vérité; à moins,
pensa Frank, qu'elle ne m'ait oublié, et
qu'un autre, plus heureux que moi, n'ait
réussi à la soustraire à son persécuteur!
Dans le doute, il prit le parti de cesser ses

recherches, et se contenta de souffrir en silence les maux nés d'un amour dont les circonstances étaient si étranges, sans qu'il lui fût possible de soupçonner comment et par qui Delaunay avait été averti de ses projets.

IV.

Il y avait un jeune magistrat, attaché au Parquet en qualité de substitut du procureur impérial, qui n'avait pour la carrière, où l'avait fait entrer sa famille, dans le but de le soustraire à la chance des armes, qu'un goût et une aptitude très modérés. La vérité est qu'il n'eût pas brillé davantage dans toute autre profession; c'était un belâtre qui s'entendait à s'adoniser dans un boudoir mieux qu'à quoi que ce fût; et plus d'une fois le procureur impérial fut obligé de lui rappeler assez durement qu'il était, pour un magistrat, d'autres devoirs à remplir que ceux qu'il paraissait croire suffisans.

Si, du moins, M. R..... avait eu les qualités qui constituent l'homme à bonnes fortunes, on eût pu lui pardonner, jusqu'à un certain point, sa manière d'être; mais il était bien loin de compte. Sa figure était tout ce qu'il y a de plus ordinaire; il manquait de tournure et de distinction; son esprit était parfaitement nul. Les deux seuls mérites, que

l'on ne songeait pas à lui contester,
étaient, d'abord, une assez jolie fortune,
puis une voix agréable, que Garat, dont
il avait pris des leçons, avait rendue
souple et flexible, et qui lui servait à
chanter des romances; ce qui était fort à
la mode dans ce temps-là. Quand je dis
ce temps-là, comme je serais passablement
ridicule de présenter l'époque de l'empire et du consulat comme une époque
musquée et à l'eau de rose, je m'em-
presse de déclarer aux gens qui me sup-
poseraient capable de cette sottise, qu'ils
en sont pour leur supposition. Certes,
on faisait bel et bien dans ce temps-là,
mieux que maintenant, mieux que jamais. Je prends seulement la liberté
grande de ne pas avoir pour la plaintive
romance un profond respect, et pourtant
je trouve qu'elle était passablement de

mise dans la bouche de M. de Flahault, par exemple, ou du général Clouet, parce que ceux-là savaient faire mieux que cela ; mais on me permettra bien de trouver que pour un Robin dont c'était le seul mérite, c'était un mérite assez mince.

Quoi qu'il en soit, R..... s'était fait une sorte de réputation avec ses romances, ou plutôt les romances de Garat et de madame Gail. Quelques femmes, qui ne voient pas plus loin que leur nez, et qui ne tiennent pas à trouver dans un amant un homme distingué, s'étaient laissées prendre à la glu de ses roulades, et le pauvre homme s'était cru un Lovelace. Plusieurs femmes d'esprit s'étaient moquées de lui ; mais la suffisance du personnage était telle, qu'il s'était contenté de dire : Tant pis pour elle ! et que sa fatuité avait continué d'aller son train.

Il avait été l'amant d'une certaine madame C....., bonne personne, mais assez nulle. Madame C..... était liée avec une des plus aimables et des plus spirituelles personnes de Paris, madame D.... Le petit R..... avait, dans le temps, rôdé autour de madame D....., mais il avait perdu son temps. Cependant, il ne se tenait pas pour battu et n'avait pas renoncé à la conquête de cette charmante femme. On savait que madame D..... ne se piquait pas de passer pour une Lucrèce; le Robin ne voyait donc rien que de très naturel dans l'espérance qu'il conservait. Il ne savait pas, le pauvre garçon, qu'une sotte se laisse prendre, et qu'une femme d'esprit choisit. Seulement, il y en a qui renouvellent leur choix plus ou moins fréquemment.

Un jour que madame C..... et madame D..... se trouvaient seules, la conversation tomba sur les hommes qui avaient été du *dernier bien,* comme dit Molière, avec les deux amies. Il y eut deux ou trois noms qui n'attirèrent, de la part de madame D...., aucune observation. Mais quand madame C..... vint à parler de M. R....., avec lequel, du reste, elle avait rompu depuis longtemps :

— Oh ! pour celui-là, dit madame D....., ma chère, je ne puis vous le passer.

— Pourquoi donc ? dit naïvement la blonde madame C.....

— C'est le dernier homme à qui je voudrais avoir affaire, dit madame D.....

— Mais il chante les romances à ravir, dit la niaise.

— Il ne m'a jamais ravie, dit madame D....., et nous serions tous deux dix ans dans une île déserte, que je ne voudrais mettre à l'épreuve aucun de ses mérites.

Madame C..... trouva l'hyperbole un peu bien forte, et elle n'eut peut-être pas tort. Du reste, elle soutint assez courageusement son mauvais goût, et, en défendant le choix qu'elle avait fait, elle donna à madame D..... l'occasion de dire tout ce qu'elle pensait de M. R..... ; ce dont celle-ci s'acquitta comme elle était capable de le faire ; c'est-à-dire, qu'elle fit du magistrat un portrait qui n'avait pas besoin d'être chargé pour être une caricature, et qui ressemblait à faire peur.

Comme toutes les personnes sans esprit, madame C..... n'aimait pas qu'on
lui fît toucher du doigt ses sottises. Le
portrait du petit Robin était si frappant,
qu'elle en voulut à madame D..... de
l'avoir fait rougir d'un homme qui avait
été son amant. Elle quitta son amie avec
un peu d'humeur, et lui garda rancune
pour son habileté à peindre les sots.
Peut-être cette mauvaise humeur n'était-
elle que le cri de la conscience de madame C....., qui tremblait de tomber
dans ces mains redoutables. Quant à madame D....., elle n'avait rien eu de plus
pressé que d'oublier M. R.... et ce qu'elle
avait dit de lui.

Madame C..... n'était pas méchante;
mais celui qui a dit : — Il n'y a pas de
bonnes bêtes ! — a dit, selon moi, une
grande vérité. C'est, du reste, l'histoire

de l'ours qui casse la tête de son ami pour tuer la mouche. Lorsque madame C..... se trouva avec son ancien amant, la première chose qu'elle fit fut de lui raconter la conversation qu'elle avait eue avec madame D.....; dans le seul but d'avertir R..... de se tenir sur ses gardes, et de ne pas irriter madame D.....

— Car, ajouta la naïve madame C...., il serait désagréable qu'elle allât dire à d'autres ce qu'elle m'a dit à moi.

La vanité de M. R..... fut révoltée de cette protestation de madame D....., contre la prétention qu'il avait conservée sur son cœur. Il ne doutait de rien; madame D..... était alors inoccupée. R..... fit le serment téméraire de devenir son amant.

— Elle est à prendre, dit-il en se rengorgeant, je l'aurai, ou je ne suis qu'un sot !

Hélas ! de ces deux propositions, une seule était vraie, et ce n'était pas celle qui se conjugue avec le verbe avoir.

Bien convaincu, cependant, par le compte que lui avait rendu madame C....., que son immense mérite ne suffirait pas pour en venir à ses fins, il appela la ruse à son secours. Par malheur, quand un sot veut ruser, il est souvent à craindre qu'il ne se renferme pas dans les limites qu'impose la probité, et que sa finesse ne devienne de la fourberie, si ce n'est quelque chose de pis. Ce fut ce qui arriva au pauvre magistrat. Après avoir bien rêvé à ce qu'il aurait à faire pour réussir, il s'arrêta, en se frottant les mains, à une invention qu'il trouvait merveilleuse, et qui n'était rien moins qu'une belle et bonne infamie.

Un jour, qu'il savait madame D..... seule, il se présenta chez elle. Son air était grave, il s'était fait un maintien de cour d'assises.

Après les complimens d'usage, il redoubla de gravité, et, tirant un papier de sa poche :

— Vous savez, madame, dit-il, que j'ai l'honneur d'être substitut du procureur impérial ?

— Sans doute, dit madame D..... en riant; mais vous m'effrayez avec votre air solennel. Est-ce que j'ai quelque chose à démêler avec le parquet?

— Pas précisément, reprit R....., mais veuillez m'écouter, de grâce; ce dont je

désire avoir l'honneur de vous entrete-
nir est fort sérieux.

— Je vous écoute, dit madame D.....;
je vous préviendrai seulement que je
dois être à deux heures à un concert où
Garat doit chanter; et vous, qui êtes un
de ses meilleurs élèves, vous ne vou-
driez pas me priver du plaisir de l'entendre, pour.....

Madame D..... n'acheva pas : l'imper-
tinence était flagrante. R....., qui savait
à quoi s'en tenir sur l'opinion de madame D..... à son égard, ne fut pas assez bête pour ne pas la sentir. Cela ne
fit que lui donner du courage : la guerre
était déclarée.

— Pour m'entendre? n'est-il pas vrai,
madame? dit-il à sa belle ennemie. Vous
avez raison; et, s'il ne s'agissait que de

moi, je me retirerais à l'instant, de peur de vous faire perdre un temps précieux; mais c'est l'intérêt que je prends la liberté de vous porter qui m'a amené chez vous; permettez qu'il m'y retienne jusqu'à ce que j'aie accompli la mission que je me suis imposée.

C'était assez bien répondre, quoique la réponse sentît son réquisitoire d'une lieue. Madame D...... fit à M. R...... un geste qui indiquait qu'elle était prête à l'entendre.

R...... jeta les yeux sur le papier qu'il avait tiré de sa poche, et lui dit gravement :

— Avez-vous connaissance, madame, d'un sieur Lefèvre, qui était en relation d'affaires avec feu M. D......, fermier-général, père de M. D......, votre défunt époux?

— Non, monsieur, dit madame D....., qui se creusait la tête pour deviner où M. R.... allait en venir.

— Ainsi, dit R...., vous n'avez aucune notion des relations qui ont existé entre ce sieur Lefèvre et le père de votre mari ?

— Pas la moindre, dit madame D....; puis elle ajouta en riant : Mais , monsieur, savez-vous bien que ceci a tout l'air d'un interrogatoire ?

— J'ai déjà eu l'honneur de vous dire, madame, dit R.... d'un air qu'il crut le plus galant du monde, que j'étais venu ici pour vous, et non contre vous.

— A la bonne heure, dit madame D..., vous commenciez à m'effrayer.

— Il paraîtrait , madame , continua M. R.... en jetant de nouveau les yeux sur le papier qu'il avait à la main , que ce sieur Lefèvre, qui était fort riche et qui était, du reste, redevable à M. D...... de sa position de fortune, se trouva à même, dans une circonstance, de rendre un immense service à monsieur votre beau-père.

— C'est possible, dit madame D.....; que m'importe?

— Nous y voilà, poursuivit M. R.... Le sieur Lefèvre, qui était un homme d'ordre, demanda et obtint naturellement de M. D..... un reçu de la somme de douze cents mille francs qu'il eut le bonheur de lui prêter dans un moment où une spéculation malheureuse, faite en dehors de ses affaires, était cause que le fermier-général avait un besoin pressant de cette somme.

— Douze cent mille francs! dit ma-

dame D...., qui commençait à s'intéres-
ser.

— Douze cent mille francs! dit R......
d'un ton solennel

— Après tout , dit madame D...... ,
M.D.... était bon pour les lui rendre, avec
les intérêts.

— Vous me paraissez entendre les affaires , continua M. R........ Les intérêts
avaient en effet été stipulés à cinq pour
cent. Mais permettez-moi d'achever. Cet
emprunt avait été contracté en 1787 ; le
sieur Lefèvre , qui était plusieurs fois
millionnaire, trouva qu'il pouvait sans
inconvénient laisser cette somme entre
les mains d'un homme colossalement riche, et dont il était l'obligé. La reconnaissance de M. D... porta donc que le
capital resterait quatorze ans entre les

mains du fermier-général, ainsi que les intérêts composés, lesquels devaient, au bout de quatorze ans, c'est-à-dire en 1801, former un capital de deux millions quatre cent mille francs.

— Mais comment avez-vous ces détails ? monsieur, dit madame D..., visiblement inquiète. Jamais je n'ai entendu parler...

— Je vais avoir l'honneur de vous le dire, madame, poursuivit R.... Auparavant, souffrez que je complète le récit que j'ai à vous faire. La révolution arriva. M. D...., comme vous le savez, émigra après être parvenu à réaliser une somme assez forte, quatorze à quinze cent mille francs, je crois. Le malheureux Lefèvre, Dieu sait pourquoi, se proclama royaliste ; sa tête tomba, ses biens furent confisqués et les immeubles vendus nationalement. Le fils de Lefèvre chercha un refuge chez un des fermiers de son père; il y vécut comme un paysan et mourut en 1799, après avoir épousé la fille de celui qui lui avait donné l'hospitalité.

Cette femme, madame veuve Lefèvre, est encore aujourd'hui fermière dans le Berry, et y fait valoir une terre qui m'appartient. Elle n'a reçu aucune éducation; elle ne sait même pas lire. Il y a quelques jours, elle est arrivée à Paris, et m'a apporté elle-même le prix de son fermage. Elle m'a remis en même temps un vieux sac plein de paperasses, en me disant :

— Mon Dieu, monsieur, si c'était un effet de votre bonté de voir s'il n'y a pas là-dedans quelque chose qui pourrait me servir! Le père de mon mari a été si riche, que l'on trouvera peut-être là quelque chose de bon.

Elle me laissa ces papiers. Je les ai examinés, et j'y ai trouvé l'historique de ce que j'ai eu l'honneur de vous raconter.

— Eh bien, monsieur ? fit madame D... qui ne riait plus.

— Eh bien, madame, continua M. R..., M. D... père, ou ses héritiers, doivent à M. Lefèvre, ou à sa succession, une somme de deux millions quatre cent mille francs, plus, les intérêts depuis 1801 jusqu'à ce jour.

— Et qui devrait payer cela? dit la belle veuve.

— M. D.... n'avait qu'un fils, qui était votre mari, lequel est mort sans enfans et vous a laissé tout son bien. Vous êtes donc la seule héritière de M. D... le père, la seule débitrice de la succession Lefèvre.

— Ne peut-on plaider, monsieur? dit madame D...

— On a tort et on plaide, dit froidement M. R...; mais on perd, ajouta-t-il en jouissant de l'état où il voyait sa superbe ennemie.

L'état où cette nouvelle avait mis madame D... n'a rien de surprenant. Elle avait à peu près cent mille livres de rentes, et on venait tout à coup lui annoncer qu'il fallait y renoncer. Le coup était foudroyant.

— Hélas, dit-elle naïvement, sans essayer de cacher l'effet qu'avait produit sur elle ce qu'elle venait d'apprendre, je suis ruinée! je suis perdue!

— Peut-être , laissa tomber monsieur R....

— Que voulez-vous dire ? s'écria madame D.... en se levant impétueuse‑ ment.

— Je ne veux pas que vous vous en rapportiez à moi sur l'issue probable d'un procès. Voici une note que j'ai faite. Il n'y a pas de noms ; vous compre‑ nez tout ce qu'il y aurait d'imprudent à laisser transpirer une chose qui n'est connue que de vous et de moi. Consultez qui vous voudrez, un avocat, dix avo‑ cats, tout le barreau, toute la magistra‑ ture ; Merlin de Douai, Bigot de Préha‑ meneu ; leur avis sera unanime ; la dette existe, il y a titre, on est en temps utile, le débiteur est solvable. C'est clair comme le jour. Tout le monde vous dira la même chose.

— Que disiez-vous donc ? dit madame D..... avec anxiété.

— Je disais que vous renonceriez à un procès *ingagnable*; passez-moi le mot, et que vous préféreriez sans doute arranger cette affaire....

— Oh ! de tout mon cœur, dit madame D...... qui tremblait à la pensée d'être réduite à la misère, et qui était prête à accepter toute espèce de transaction; que veut cette femme ?

— Cette femme ne demande rien, madame, dit R...... Elle ignore tout.

— Que demandez-vous donc pour elle, monsieur, reprit la veuve, qui, pour la première fois, se repentit de ses sarcasmes et se prépara à les payer probablement un peu cher.

— Pour elle ? madame, dit R...... en

attachant sur madame D...... un regard cynique — pour elle?. Je ne demande rien. Ne comprenez-vous pas?

— Non, monsieur, fit la veuve avec hauteur.

— Pour elle, je ne demande rien ; ce que je demande, c'est pour moi.

Madame D........ avait parfaitement compris. L'éclat dont brillaient les yeux fauves de R...... lui avaient révélé le prix qu'il mettait à l'anéantissement du titre fatal ; cependant elle feignit de se méprendre ; elle ne put résister à jeter à la face de cet homme, pour lequel son antipathie était devenue de l'horreur, tout le mépris qu'il lui inspirait.

—Je comprends enfin, dit-elle d'une voix altérée par la colère : vous me proposez de ne point parler de cette créance à la veuve Lefèvre, d'anéantir le titre, et cette action vous m'en demandez le prix.

— Ah! dit fadement R....., un prix qui excuse l'action que je vais faire !

— Eh bien! dit madame D......, trouvez-vous que ce soit assez de cent mille francs?

— Madame! dit R...... en pâlissant.

— Allons, dit madame R......., j'irai à cent mille écus.

R...... ne trouva pas un mot à répondre; on ne pouvait lui faire une plus sanglante injure; il était lui-même, sinon aussi riche que madame D....., au moins en possession d'une très belle fortune. Il sentit que madame D...... n'avait feint de prendre le change que pour lui faire voir son mépris d'une manière plus cruelle. Il prit son chapeau, salua et partit la rage dans le cœur.

Quand il fut seul il songea pour la première fois à toute la gravité de l'action qu'il venait de commettre. Il n'y avait pas un mot de vrai dans tout ce qu'il venait de débiter à madame D.....; il avait espéré que cette jeune femme, qui était veuve, allait perdre la tête devant une pareille nouvelle, et qu'il en aurait tout ce qu'il voudrait. Les conséquences de la voie dans laquelle il s'engageait ne lui étaient apparues que confusément. Il ne songeait pas que si la chose allait selon son désir et ses prévisions, il serait amené à faire un faux pour détruire le titre dont il s'agissait ; faux qui, à la vérité, ne présentait pas la gravité d'un faux destiné à rapporter un bénéfice en espèces, mais qui, aux yeux de l'honneur

et de la délicatesse, était tout aussi coupable, puisqu'il devait servir à escroquer
à une femme ce que l'on doit rougir
d'obtenir par d'autres moyens que par le
don volontaire que vous en fait son
cœur.

R...... passa une journée affreuse ; il
maudit cent fois sa sottise dont il s'aper-
cevait, mais trop tard ; il maudissait madame C...... dont la niaise amitié était
venue lui rendre compte des propos tenus
par madame D......, ce qui avait été la
cause première de tout le mal ; il maudissait enfin madame D...... elle-même,
quoique ce fut à elle à se plaindre, et
quoique, au milieu de sa fureur, il crut
parfois s'apercevoir qu'à force de la désirer, il en était devenu réellement amoureux.

Il ne ferma pas l'œil de la nuit. Le

matin il ne savait quel parti prendre ;
peut-être allait-il se résoudre à aller se
jeter aux pieds de madame D......, lui
avouer sa faute, et implorer le pardon
d'une supercherie que l'amour seul lui
avait inspirée, quand il fut rejeté dans
la mauvaise voie dont il était sur le point
de sortir par un billet qui lui fut remis et
qui était ainsi conçu :

« Si monsieur R...... veut bien pren-
» dre la peine de passer chez moi ce
» matin, nous reparlerons d'une affaire
» dont il avait été question hier [entre
» nous.

« E. D. »

R...... tomba de son haut en lisant ces
lignes : il ne pouvait en croire ses yeux.
Enfin la fatuité l'emporta.

— Oui, se dit-il, elle a réfléchi ; elle est décidée ; je l'aurai. Elle se jette à présent à ma tête. Mais elle est bien assez jolie pour que je la ramasse ; et puis je m'y suis engagé vis à vis de moi-même. Il le faut pour mon honneur.

Il se fit beau comme un conquérant, et se dirigea vers l'hôtel de madame D.......

On l'annonça. Madame D...... lui fit un salut glacial. R..... resta pétrifié quand il aperçut, de l'autre côté de la cheminée, la vieille figure de B........., le procureur, qui le regarda deux fois de travers ; l'une parcequ'il louchait, l'autre parce qu'il était bien aise de lui faire mauvais accueil.

On a beau être substitut du procureur-impérial, quand on a une mauvaise action sur la conscience, que l'on sait

que l'on n'est qu'un sot (car, si
abusé que l'on soit, il y a des instans où
la sottise sait ce qu'elle vaut) et que l'on
a affaire à un vieux renard comme B.....
on est nécessairement mal à son aise.
R...... fut sur le point de fausser compagnie et de s'en aller sans demander le
reste de sa pièce; mais B......, qui l'avait
sans doute deviné, se leva brusquement
et le prenant par la main sans façon, lui
fit sentir l'étreinte d'un poignet qui était
encore vigoureux. R...... vit que la fuite
était inutile. A tout hasard, il se laissa
conduire par l'avoué vers la chaise qui
était le plus près de la porte, et attendit
qu'on lui dit ce qu'on lui voulait. Pendant ce temps, madame D..... quitta
l'appartement.

— Monsieur, lui dit B....... entrant
tout à coup en matière, j'ai beaucoup

connu monsieur votre père, et je suis
fort lié avec celui de votre femme (R.....
était marié! pauvre femme!) je suis fâché d'être obligé de vous dire que vous
êtes un drôle ou un imbécile.

— Monsieur B......, dit R..... pâle de
colère.

— Eh! parbleu, dit B...... avec le ton
brusque qui lui était habituel, il n'y a
que nous deux ici ; j'ai le double de votre
âge; je suis un honnête homme, je puis
vous dire vos vérités: qu'est-ce que c'est
que cette histoire de Lefèvre, et de douze
cents mille francs ?

— Monsieur, dit R......, je n'ai pas de
comptes à vous rendre !

— A qui donc rendrez-vous compte de
vos ignobles procédés envers cette jeune
femme, qui n'a ni un mari, ni un frère,

ni un père pour la défendre ? Je lui en servirai, de père, en cette occasion; elle est venue me trouver, elle a bien fait ; elle m'a raconté ce qui s'était passé hier. Ma première pensée a été que vous étiez un imbécile, c'est connu; la seconde que vous pouviez bien, en outre, être un infâme ; c'est ce que nous allons voir.

En parlant ainsi, le bon B... mettait sur une table quatre grands registres verts, et tirait de sa poche un papier que R... reconnut tout de suite pour être la note qu'il avait remise la veille à madame D...., et qui contenait, sans dénomination de personnes, le résumé de la fable inventée par lui. Cette découverte lui fit perdre l'espoir de recourir au dernier parti qui lui restait à prendre, à savoir : de nier effrontément tout ce qu'on lui imputerait. Il se démoralisa et battit la campagne.

B.... allait droit au but. Il prit la note et la présenta à R....

— Voilà, lui dit-il, une note qui présente un sieur Lefèvre comme créancier de M. D..., père, d'une somme de 1,200,000 francs, à courir du 17 octobre 1787, soit, deux millions quatre cent mille francs en 1801, ce qui porterait la créance totale, aujourd'hui 8 novembre 1805, à deux millions huit cent quarante-neuf mille sept cents francs. Je commence par le plus intéressant ; et je vais vous prouver, si vous le voulez, par l'exhibition des livres de M. D..., dont je faisais les affaires, livres qui sont en ma possession et que voici, que cette créance n'a jamais existé.

R... ne répondit pas un mot.

— Maintenant, continua B...., qui a inventé cette fable? Ce ne saurait être cette prétendue veuve Lefèvre; si c'est elle, amenez-la moi que je la confonde. Si ce n'est pas elle, qui sera-ce, sinon vous-même, pour extorquer, par la peur, ce que l'on a refusé à votre nullité? Où est le titre, d'ailleurs? Justifiez-vous donc, poursuivit le vieil avoué qui s'animait; montrez-moi donc que l'on vous a pris pour un imbécile que vous êtes; j'aime mieux cela que d'avoir la preuve que vous êtes un scélérat.

R... balbutia quelques mots sans suite; B... haussa les épaules.

— Vous êtes un misérable lâche, lui dit il; je pourrais dénoncer hautement votre conduite. Je me bornerai à en instruire le grand juge. Je vous **préviens**

que dans deux heures d'ici il saura
tout.

R... sortit confus et désespéré. Le lendemain, il était mandé chez le grand
juge, qui le reçut dans son cabinet, et
qui exigea de lui qu'il donnât sa démis-
sion.

La fin de cette ridicule entreprise fut
plus lugubre que le commencement.
Napoléon, qui savait tout, eut vent de
l'espièglerie que s'était permise M. R....
Il approuva la conduite du grand-juge;
mais, comme il n'aimait pas, dit-il, que
les jeunes gens ne fissent rien, il fit ex-
pédier un brevet de lieutenant au pauvre
R...., qui reçut en même temps l'ordre
de joindre son corps dans les vingt-qua-
quatre heures. Quand le maître avait
parlé, il fallait obéir. Le malheureux
R.... alla à l'armée, et endossa l'uniforme

pour la première fois, la veille de la
bataille d'Austerlitz. Soit qu'il s'expo-
sât volontairement, par bravoure ou
par dégoût de la vie; soit que, comme
tant d'autres, il ait été frappé en faisant
tout juste ou même moins que son devoir, dès les premiers coups de canon
il fut coupé en deux par un boulet.

Madame C....., en apprenant sa mort,
dit tout bonnement :

— Tiens ! il est mort comme M..... et
V....!

C'étaient deux autres de ses amans qui
avaient eu la même fin.

L'excellente madame D..... dit, avec
la simplicité d'un noble cœur :

— Je n'avais guère d'estime pour lui,
mais je m'en veux d'être la cause de sa
mort : je voudrais la racheter à tout
prix.

Si R..... avait entendu cela, il eût säns aucun doute accepté le marché : il y gagnait deux cents pour cent.

Quant à B....., lorsqu'il apprit la mort de R...., il dit avec sa rude franchise :

— Si j'avais un fils qui fît des infamies, j'aimerais mieux qu'on me le tuât que de le voir aller aux galères.

V.

Pourquoi donc est-il des infamies dont
le monde ne fait que rire? des turpitudes
dans lesquelles il n'aperçoit que le côté
propre à le divertir, et dont le côté grave,
instructif, est perdu pour la plupart?

S'aveugle-t-on à dessein, ou bien est-on si profondément gâté que ces honteuses actions paraissent toutes simples aux gens à qui on les raconte? Encore si c'était conscience! si cette impunité qui s'attache à ces lâchetés de certains hommes venait de ce que pas un ne se sent assez pur pour jeter la première pierre? Mais ce n'est pas cela, ils ne disent pas : Je n'ai pas le droit de juger celui-ci, parce que j'ai péché comme lui; ils disent: Il a péché, moi aussi; nous en avons le droit; c'est reçu!

Oui, il est reçu que si un homme en tue un autre d'un coup de couteau, que même si un homme empoisonne sa femme ou sa maîtresse avec de l'arsenic, la justice s'empare de lui et lui fait payer son crime; mais si ce même homme est un roué qui ne tue une pauvre femme qu'a-

vec de lâches procédés, c'est tout au
plus s'il se rencontre quelques bonnes
ames pour plaindre la victime. On se raconte l'histoire, et il n'est pas rare que
le récit soit assaisonné de fines plaisan-
teries, comme savent en faire la plupart
de ces nullités qui peuplent les salons et
le bois de Boulogne : Cette pauvre madame une tel, dit-on, elle est morte ;
vous savez? c'est son histoire avec un
tel.

Et puis tout est dit : un tel a tué madame une telle; saluez bien bas monsieur un tel, c'est un galant homme.
Un tel a volé la maîtresse ou la femme
de son ami, de son frère : Saluez donc,
c'est une rouerie! Oh! non, ce n'est pas
une rouerie, c'est une action infâme;
depuis que le mariage existe (et, comme
dit Rabelais, il n'y a pas trois jours),

l'adultère est son compagnon; mais ne
sentez-vous pas qu'il est des barrières
que la nature a opposées aux passions
des hommes? Ne sentez-vous pas qu'il
est infâme celui qui, sous le voile de l'a-
mitié, ce reflet mondain de la charité
divine, dérobe à son ami sa femme ou
sa maîtresse, et demande à une femme
de changer en haine l'amour qu'elle a
ou qu'elle doit avoir pour celui qu'il
dit aimer! N'est-ce pas une monstruo-
sité, une lâcheté plus grande encore, car
un ami trompé peut se venger comme
un autre homme; n'est-ce pas, disais-je,
une insigne lâcheté que de chercher à
séduire la fille, ou la sœur, ou la mère
(tout cela s'est vu), de la femme qui
s'est donnée à vous? Vous voilà sur la
voie, vous ne vous arrêterez pas; votre
conscience, si vous avez une conscience,

vous crie que vous allez tuer cette femme : que vous importe? le Code pénal
permet le meurtre dans le cas de légitime défense; le code du monde le permet au bénéfice de la luxure des sens,
pourvu que ce ne soit pas à l'aide du
feu, du poison ou du fer. La douleur est
l'arme des gens du monde. Le poison,
un coup de pistolet, un coup de poignard? fi donc! une bonne douleur qui
brise le cœur, à la bonne heure; voilà
l'arme qui est à leur usage! c'est bien
plus comme il faut! et ils s'en servent si
bien qu'ils pourraient ajouter : c'est bien
plus sûr!

Qui osera crier à l'hyperbole? qui
osera dire que je charge le tableau? est-
ce ma faute, à moi, si, après m'être engagé un peu légèrement à écrire ce livre,
j'ai sondé avec tant de conscience cet

abîmeinfect et parfumé ; que j'y ai trouvé assez d'énormités pour révolter l'ame la plus indifférente? Je défie chacune des personnes qui liront ce livre de dire, en regardant autour d'elle: Sur mon honneur et ma conscience, je ne connais personne à qui ceci soit applicable. Oui, je le répète, et il faut que les honnêtes gens en conviennent, il se fait dans le monde des choses infâmes pour lesquelles on devrait témoigner une profonde horreur, loin de les tolérer et de les applaudir; que les femmes aient des amans, que les hommes aient des maîtresses! malgré quelques cheveux gris qui m'arrivent, je ne suis pas encore assez vieux pour trouver cela mauvais. Mais ces amans, jeunes ou vieilles femmes, ne les enlevez pas à vos amis, à vos sœurs, à vos mères, à vos filles! Ces maîtresses,

hommes à bonnes fortunes, ne les volez
pas à vos amis, à vos frères! ne les tuez
pas surtout comme il en est tant qui s'en
font un jeu! Oh! non, ou si vous les
tuez parce que vous ne pouvez vous en
débarrasser autrement, ayez le courage de
ne pas les tuer dans l'ombre; tuez-les en
braves, et payez votre dette à la cour
d'assises; mais ne les faites pas mourir
à force de douleurs : elles souffrent trop,
les malheureuses, et vous, vous faites la
dernière chose que doive se permettre
un homme; vous faites une lâcheté !

Ceux qui me connaissent savent que,
malheureusement, je n'ai pas le droit de
m'ériger en moraliste; je le déclare hum-
blement à ceux qui ne me connaissent
pas. Aussi telle n'a pas été mon intention.
Les réflexions un peu amères que l'on vient
de lire m'ont été inspirées par le sujet

du récit que je vais faire au commencement de ce chapitre. Un de mes amis
était près de moi lorsque j'en écrivais le
sommaire; il me pria de lui raconter
cette histoire. Je le fis en quelques mots.
Mon ami a une ame honnête; il s'indi-
gna, Nous nous entretînmes deux heures
sur ce sujet. Quand il m'eût quitté, j'a-
vais le cœur plein de l'indignation que
notre conversation avait excitée; je me
mis à écrire; je ne regrette pas un mot de
ce que j'ai écrit, car c'est la vérité; et
comme me le disait mon vieil et spirituel ami M. de Cherval : Après le soleil,
il n'y a rien de plus beau que la vérité.

Le comte de F... était un des hommes
les plus agréables de la cour impériale.
Joli homme, spirituel, rempli de talens,
il ne pouvait manquer d'avoir du succès

auprès des femmes. Brantôme dirait :
« *J'en sais une très grande, très honnête, et
très.....*» qui daigna avoir des bontés pour
lui : il est vrai que le maître, qui n'aimait pas que les *très grandes* fussent très...
(et Dieu sait s'il avait fort affaire), envoya le pauvre M. de F... à l'armée d'Espagne, où il ne fit pas des prodiges de
valeur. Mais ce n'est pas cela dont il est
question.

M. de F..... était donc un homme à
bonnes fortunes. Il devint l'amant de madame D....., qui était encore charmante,
bien qu'elle ne fût plus de la première
jeunesse. Quand les passions s'attaquent
à un cœur qui a passé trente ans, on
sait avec quelle force elles s'en emparent.
Madame D..... prit au sérieux sa liaison
avec M. de F..... Douée d'une sensibilité
exquise, elle mit toute sa vie dans cet

amour. Elle ne s'aperçut pas, la pauvre femme, que son amant, à qui les protestations n'avaient rien coûté pour la séduire, n'avait jamais songé à l'aimer sérieusement. Elle eut la naïveté de croire que cet homme, qui lui demandait de se donner à lui, la voulait toute entière. Il avait dit : je vous aime! et comme elle n'avait pas compris que cela voulait dire tout bonnement : je vous désire; elle, qui aimait de tout son cœur, s'était donnée corps et ame.

Mais cette ame et ce cœur, si pleins d'amour et de tendresse, c'était ce dont M. de F.... se souciait le moins. Dès que la possession, cette réalisation suprême de tous les désirs, qui attache l'homme qui aime véritablement, eût rassasié la fausse passion de M. de F....., tout fut dit pour lui, et il ne songea plus qu'aux

moyens de se débarrasser d'une liaison
qui lui pesait. Pour la forme, ou par
désœuvrement peut-être, il ne rompit
pas brusquement avec madame D.....
qui, dans le temps où son amant ne cherchait qu'un prétexte plausible de retraite, tomba malade, peut-être de cha-
grin ; car, bien qu'elle fût à mille lieues
de deviner tout ce qui la menaçait, elle
s'était bien aperçue du refroidissement
de M. de F..... L'amour vrai ne se trompe
pas : et quelque soin que prenne un
homme qui trompe une femme ou une
femme qui trompe son amant, il y a, au
fond du cœur que l'on trahit, une voix
qui crie : on ne t'aime plus !

Madame D..... avait deux filles : l'aînée
pouvait avoir dix-sept ans, et l'autre
seize. Quand M. de F..... eut assez de madame D....., il s'aperçut avec étonne-

ment que mademoiselle D..... l'aînée
était une ravissante personne. Je l'ai dit
tout à l'heure : les maximes du monde
sont si horribles qu'un homme, qui a la
prétention non contestée de passer pour
homme d'honneur, se laisse aller parfois
à des actions que le monde, il est vrai,
n'a pas le lâche courage de glorifier,
mais qui passent inaperçues ou pour le
moins excusées, puisque ceux qui s'en
rendent coupables n'en portent point le
châtiment. En voici un bien triste
exemple.

Ce serait profaner le mot que de dire
que M. de F..... devint amoureux de
mademoiselle D..... Il faut se borner à
dire qu'il la désira. Il ne songea pas un
instant à ce qu'il y avait d'incestueux et
de criminel dans ce désir. Il ne vit pas
que chercher à déshonorer une jeune fille

pure, qui était la fille de sa maîtresse, était une action doublement hideuse. Cette jeune fille, qu'il aurait dû protéger contre toute tentative de séduction, il pensait à la séduire, il allait tromper deux femmes à la fois, et ces femmes, c'étaient la mère et la fille!

C'est le comble de la démoralisation! on frémit quand on pense aux raisonnemens monstrueux par lesquels un homme, qui médite une pareille chose, s'encourage à la tenter et calcule les chances de succès. Il espère qu'elle aura profité de l'exemple donné par sa mère, et qu'elle croira pouvoir se permettre une chose que sa mère s'est permise. Si la chaste jeune fille n'a rien vu de ce qui se passait, si la faute de la mère est restée un mystère pour cette ignorance virginale, il saura bien s'arranger de manière à ce que cette incertitude disparaisse ; et si, pour arriver à déshonorer la fille, il n'y a d'autre moyen que de l'instruire du déshonneur de sa mère, il déchirera le voile et lui fera voir ce que c'est que le vice.

M. de F..... donc, résolut de posséder cette jeune fille qui était presque sa fille ; il n'épargna rien de ce qu'il savait si bien mettre en usage. Jamais conquête ne lui avait coûté tant de soins ; jamais, aussi, conquête n'avait mieux mérité les efforts qu'il faisait pour réussir. Mademoiselle D..... était ravissante. La pauvre petite ne tint pas contre les savantes séductions de l'homme à bonnes fortunes. On lui dit tant, et de si douce manière, qu'on l'aimait, qu'elle laissa aller son jeune cœur à la pente qui l'entraînait. Si elle ignorait que M. de F..... fut l'amant de sa mère, la pauvre enfant n'est qu'à plaindre; mais, hélas! si la tactique du séducteur a jugé à propos de l'instruire; si, même, il n'y a pas eu besoin qu'il prît cette peine, si elle savait à quoi s'en tenir à cet égard, sans doute M. de F..... n'en est pas moins coupable, mais pourquoi n'a-t-elle pas eu horreur de lui?

Comme je l'ai dit, madame D..... était malade; sa maladie n'était pas très grave, bien qu'elle l'obligeât à garder le lit. Peut-être, je le répète, s'était-elle déjà aperçue que M. de F.... ne l'aimait plus, et cette découverte était-elle la cause de ses souffrances. Mais elle ne savait rien de ce qui se passait.

Ce qui se passait était fort grave. Les séductions de M. de F..... avaient été leur train, et la tête de mademoiselle D..... l'aînée était tout-à-fait tournée.

IV.   15

Elle aimait M. de F...., comme on aime à dix-sept ans, c'est-à-dire follement, avec abandon, sans arrière-pensée, peut-être sans beaucoup de conscience de ce que l'on fait, uniquement pour obéir au vœu de la nature qui nous dit : Il faut aimer. Il y a un grand charme dans ces amours de jeunes filles; mais tout leur charme est dans leur fraîcheur, et il ne faut y toucher qu'avec précaution et d'une main pure et légère. C'est une détestable cruauté que de venir les prendre brutalement pour les briser sous une grossière étreinte. M. de F....., à ce qu'il paraît, voulait se donner la joie de faire la double expérience que l'on éprouve à briser à la fois un cœur qui commence et un cœur qui finit; la fleur qui s'ouvre et le fruit qui mûrit.

Mademoiselle D..... l'aînée était donc

folle de M. de F.....; la maladie de madame D..... parut à celui-ci une excellente occasion pour obtenir de la pauvre enfant tout ce qu'il en désirait. Il
sembla redoubler d'attentions pour la
mère, et ne sortit plus de la maison.

Un soir, madame D...., qui commençait à aller mieux, avait demandé que
l'on baissât ses rideaux pour reposer un
instant. Elle dormit à peu près une
heure. Au bout de quelque temps elle
s'éveilla. Machinalement elle souleva son
rideau, mais elle le fit si doucement que
les personnes qui étaient dans la chambre ne l'entendirent pas. Elles étaient
toutes si occupées! madame D.....
se lève sur son séant, se frotte les yeux
pour s'assurer qu'elle n'est pas la proie
d'un songe, puis jetant un cri perçant
elle se laisse retomber sur son oreiller.

Les acteurs de la scène muette dont elle avait été témoin furent épouvantés de ce cri qui leur apprenait qu'ils étaient découverts. Il y avait de quoi. Voici ce qu'avait vu madame D.....

Dans un coin de la chambre mademoiselle D..... était assise dans un grand fauteuil : ses pieds étaient appuyés sur un coussin de velours sur lequel s'était agenouillé M. de F.....; il tenait entre ses mains les deux mains de mademoiselle D..... qui avait son front appuyé sur l'épaule de ce don Juan en frac. A deux pas de sa mère malade, cette jeune fille, que le souffle empoisonné avait déjà corrompue, avait l'air aussi tranquille, aussi calme aux bras de son amant, que si elle eût accompli l'acte le plus édifiant du monde.

Dans un autre coin, mademoiselle D...

la cadette répondait, à la clarté d'une
lampe voilée, comme on en met dans les
chambres de malade, à une lettre que
venait sans doute de lui remettre M. de
F..... En effet, les deux sœurs ne se quittant jamais, M. de `F..... avait trouvé
charmant de perdre ces deux jeunes filles
à la fois. Mademoiselle D..... la jeune
était un cerbère qui le gênait ; il lui
avait jeté un amant comme on jette un
os à un chien de garde pour l'occuper.
Un de ses amis avait bien voulu se charger de cet honorable emploi, et les choses marchaient à souhait.

Au cri de madame D..... les deux jeunes filles se levèrent précipitamment. M. de
F.....abandonna son coussin de velours,
et, sur un mot de mademoiselle D.....
l'aînée, s'esquiva sans prendre congé.

Le lendemain il eut l'audace de se présenter chez madame D.....

— Ces demoiselles ne reçoivent personne, lui dit le concierge.

— Mais, dit M. de F....., comment va madame D.....?

— Ah! fit le concierge, monsieur ne sait pas?...

— Non, dit M. de F.....; qu'y a-t-il?

— Madame est morte tantôt à trois heures, dit le concierge.

M. de F..... pâlit et se retira en silence. C'était, après tout, un galant homme, qui n'avait pas inventé ces horribles maximes, mais qui se laissait aller à vivre comme on vit dans le milieu où il se trouvait. Je crois volontiers qu'il se reprocha son crime..... pendant deux ou trois jours.

Oui, il avait tué sa maîtresse en lui donnant sa fille pour rivale ; cette jeune fille de dix-sept ans avait tué sa mère en lui prenant son amant. Quel spectacle en effet pour cette pauvre femme ! d'un même coup-d'œil elle avait vu ses deux filles perdues ! perdues par son amant ! Douze heures après cette terrible révélation elle était morte !

Ceci a-t-il besoin de commentaire ?

Tout le monde n'a pas la force de mourir du coup, comme la pauvre madame D..... Mais, soyez tranquille, il y a cent façon de mourir ; quand la douleur fait défaut, on se tue, voilà tout ; le résultat est le même.

Madame V..... avait une sœur qui s'appelait madame de B..... M. M....., qui était l'amant de madame V....., voulut aussi se passer la fantaisie de madame de B..... Il y parvint; mais, soit que la chose fût difficile, soit qu'il n'eût pas encore assez de madame V....., il ne rompit pas avec celle-ci, et partagea, non son amour, il n'en avait ni pour l'une ni pour l'autre, mais son temps entre les deux sœurs.

Un jour madame V..... vint chez M. M..... qui, étant garçon, pouvait sans inconvénient la recevoir chez lui. Il était absent. Le valet de chambre, qui savait que madame V..... avait le droit de parler en maîtresse du logis, ne put s'opposer au désir qu'elle manifesta d'attendre M. M..... Il l'introduisit dans l'appartement. Madame V..... était jalouse à l'excès, mais elle n'aurait jamais songé à l'être de sa sœur qu'elle aimait tendrement, quoique celle-ci payât fort mal la

tendresse de madame V..... puisque,
étant sa confidente, elle était devenue
sa rivale. La pauvre madame V..... pour
passer le temps, se mit à faire de la musique. En ouvrant le piano elle aperçut,
dans un coin, un petit billet qui avait
tout l'air d'un billet de femme. Elle s'en
empare, et croit qu'elle devient folle en
reconnaissant l'écriture de sa sœur. D'a-
bord elle veut douter; mais se fût-elle
trompée à l'écriture, elle ne peut, en
lisant le billet, se faire illusion. Voici ce
qu'il contient :

« Ma sœur et mon mari vont demain
» passer la journée à la J..... arrangez-
» vous pour ne pas être de la partie. J'ai
» déjà pris mes mesures pour ne pas en
» être ; je serai chez vous avant midi. Ne

» me dites donc jamais que je ne vous
» aime pas autant qu'elle. Je la haïrais
» de tout l'amour que j'ai pour vous. »

Le doute n'était pas possible ; madame de B..... était en effet venue la veille chez madame V..... pour lui annoncer qu'elle ne pourrait pas aller avec elle le surlendemain, et cette partie de la J..... était précisément ce qui amenait madame V..... chez M. M.....

Madame V..... sentit sa tête se perdre. Cette double trahison de son amant et de sa sœur l'accablait. Elle prit tout à coup une terrible résolution.

Elle écrivit au bas de la lettre de madame de B..... :

« Ma sœur se trompe, Henri ; elle ne
» vous aime pas autant que moi. »

E. V.

Elle prit une enveloppe, y enferma la
fatale lettre, la cacheta, et sortit après
l'avoir remise au valet de chambre.

A son retour, M. M..... lut la terrible
apostille ; le caractère de madame V.....
lui était connu. Il frémit à la pensée de
ce qui pouvait arriver, et courut immédiatement chez madame V.....

Quoiqu'il fût près de dix heures du
soir, elle n'était point encore rentrée.
M. M..... alla chez madame de B..... ;
elle n'avait pas vu sa sœur. Il lui fit voir
la lettre. Madame de B..... conçut les
mêmes craintes que lui, et le renvoya

à la recherche de la malheureuse femme qu'ils avaient tuée peut-être.

Le lendemain, des pêcheurs trouvèrent près de l'île des Cygnes le cadavre d'une jeune femme mise avec élégance. C'était celui de madame V....., qui, en quittant la maison de M. M....., était allée se jeter à l'eau.

Le soir du même jour, les mêmes pêcheurs, à la même place, trouvèrent un autre cadavre de jeune femme; comme celle du matin, elle était vêtue avec recherche.

L'un des deux hommes qui la retirèrent de l'eau dit à l'autre :

— Dis donc, frère, ne trouves-tu pas qu'elle ressemble à celle de ce matin?

En effet, elle pouvait lui ressembler, car ce second cadavre était celui de madame de B....., qui, s'imputant, non sans raison, la mort de sa sœur, s'était chargée elle-même du châtiment et était venue mourir de la même mort à la même place.

Comme, au point de vue du monde, le suicide touche de plus près à l'assassinat réel que l'assassinat moral dont il a été question, le monde s'émut un peu plus de cette affaire qu'il ne s'émeut d'ordinaire pour des histoires de ce genre. M. M..... fut obligé de voyager pendant quelques années.

Un jour, quelques compères se hasardèrent à dire :

— Ce pauvre M....., on n'entend plus parler de lui !

— Bah ! releva un autre compère, nous le reverrons !

Après quoi, on laissa encore passer deux ou trois mois; puis M. M.... revint un beau matin, prit une figure de circonstance; enfin, au bout de six mois, il n'y paraissait plus; ou bien, si l'on se souvenait encore de sa triste aventure, c'était pour en parler comme le fit une fois un habitué de Tortoni.

Un étranger, à qui l'on racontait, entre deux verres de vin de Champagne, l'histoire lugubre de M. de F..... et de madame D....., fut assez mal appris pour dire naivement :

— Mais savez-vous bien que c'est épouvantable, ce que vous me racontez là?

— Bah! dit un des auditeurs, et si vous saviez l'histoire de M.....! c'est bien autre chose : il a fait coup double!

Le mot, à part l'horreur qu'il inspire,

rappelle la réponse du général L..... à son aide-de-camp. Le général était manchot, et, comme sa réponse le prouve, sa vertu dominante n'était pas la propreté. Il avait un aide-de-camp qui, de peur qu'il n'oubliât la chose, s'était chargé de lui laver sa main de temps en temps.

Un jour l'aide-de-camp, qui trouvait probablement que ce ne serait pas un luxe exagéré de laver cette bienheureuse main, lui dit :

— Mon général, si nous lavions votre main ?

Le général regarda sa main plusieurs fois, puis la remit dans sa poche en disant :

— C'est bon, c'est bon ! elle n'est pas

bien sale : si tu voyais mes pieds, c'est bien autre chose !

Quoique la porte par où je me suis tiré de ces histoires funèbres ne soit pas bien délicate, je rends grâces au souvenir du brave général L....., qui m'a aidé à sortir de ce bourbier sanglant où je m'étais laissé entraîner.

Puisque nous en avons fini avec ces vilaines horreurs, et que grâces à la transition un peu hasardée de la main du général L....., nous avons le droit de rire un peu, je vais vous raconter une assez drôle d'histoire qui est arrivée à M. de B....., le mari de la pauvre madame de B...., qui se tua pour expier la part qu'elle avait dans la mort de sa sœur.

Avant son mariage, M. de B..... était

ce que l'on appelle *un mangeur de cœurs.*
Il était assez bien tourné, quoique plus
tard il soit devenu fort gros ; très gai et
assez spirituel, bien qu'en grossissant il
ait épaissi au moral comme au physique;
enfin, il était toujours disposé à rire et
à se divertir : ce qu'il trouvait toujours
occasion de faire, parce qu'il était lui-
même très divertissant.

Un soir, il y avait eu un souper d'hommes, où se trouvaient quelques actrices
à la mode. Après le souper, survint une
très jolie femme que M. de B..... ne
remarqua pas, occupé qu'il était à une
partie de bouillotte assez chèrement engagée. Il se leva enfin : il venait de perdre quelques centaines de napoléons.

— B...., lui dit un de ses amis, con-
nais-tu Clarice?

— Belle demande! répondit brusquement M. de B....., qui, quoique beau joueur, avait de l'humeur pour un coup piquant qui l'avait décavé.

— Bon! dit celui qui lui avait adressé la parole, on dirait que tu as été son amant!

— On ne dirait que la vérité, dit M. de B....

— Etes-vous bien ensemble? continua le questionneur.

— Non, dit B... Je ne lui reparlerai de ma vie. J'ai fait une découverte qui m'en a détaché pour toujours. Si tu savais ce que c'est!...

Tout le monde se regarda. En même temps la jolie femme, qui était entrée pendant que B.... était à la bouil-

lotte, traversa rapidement le salon, et
dit tout bas à M. de B...

— Monsieur, je voudrais vous dire un
mot.

B... resta stupéfait. Il ne connaissait
pas cette femme; mais, comme elle était
charmante, il se laissa entraîner dans la
chambre voisine.

— Monsieur, lui dit la belle inconnue
avec une volubilité qui empêcha B..... de
répondre un seul mot, je ne sais pourquoi
vous prétendez m'avoir eue pour maîtresse, et pourquoi surtout vous cher-
chez à me nuire auprès des personnes
qui sont ici. Si vous me trouvez jolie,
demandez-moi ce que vous voudrez,
je ne vous le refuserai pas; mais, au
nom du ciel, ne dites pas ce que vous
alliez dire...

— Mais, madame, dit B.... qui ne comprenait rien à ce discours...

— Mais, monsieur, interrompit la belle brune sans le laisser achever, que vous ai-je fait? Voulez-vous être mon amant? je ne demande pas mieux : mais, je vous en conjure, gardez le silence.

En parlant ainsi, elle avait ses beaux yeux pleins de larmes. B... eut été au désespoir de l'affliger. Il lui prit la main, et allait lui expliquer qu'en parlant d'une autre, ce n'était pas d'elle qu'il avait cru parler. Mais elle ne lui en laissa pas le temps :

— Voilà qui est convenu, dit-elle ; je vais confirmer vos paroles, dire que nous nous sommes entendus, que vous ne m'en voulez plus, et ce soir, mon-

sieur, si cela vous convient, j'accepte
votre voiture pour rentrer chez moi.

Clarice était trop jolie pour que M. de
B... refusât la bonne aubaine qui se
présentait par suite d'un quiproquo
qu'il avait été sur le point d'expliquer,
ce qu'elle ne lui avait pas permis de
faire. Il lui baisa la main, lui jura la
plus grande discrétion, et ils rentrèrent
tous deux, Clarice très-heureuse du marché qu'elle venait de faire, B..... non
moins joyeux de sa conquête.

Mais il ne tarda pas à faire des réflexions qui vinrent empoisonner la joie
qu'il éprouvait.

— Que diable, se dit-il, peut être ce
secret que cette belle Clarice tient si fort
à ne pas voir révéler? La mienne n'eût
pas fait tant de façons; je crois qu'elle

n'eût pas donné dix sous pour que l'on
ne dit pas devant toute la terre qu'elle
me trompait avec son porteur d'eau.
Mais celle-ci? qu'y a-t-il sous jeu? Cela
m'inquiète.

Cependant, quand il faisait réflexion
que le prix mis au silence qu'elle réclamait était justement sa possession même,
il ne pouvait croire que ce fût quelque
difformité physique ou quelque infirmité
qu'elle tînt à cacher.

L'heure de se séparer arriva; Clarice,
fidèle à sa promesse, prit le bras de M. de
B..., et personne ne douta que B... n'eût
dit la vérité; mais, pensait-on, Clarice
se sera expliquée, et il est satisfait. Plusieurs hommes, d'ailleurs, savaient à
quoi s'en tenir sur ce qu'était mademoiselle Clarice, et ils avaient combattu

généreusement les suppositions que les femmes présentes s'étaient empressées de faire sur le secret de Clarice.

Quand M. de B... arriva chez mademoiselle Clarice, il n'était pas fort à son aise. La belle fille renvoya immédiatement sa femme de chambre, et pria obligeamment M. de B. de lui en servir.

— Nous y voilà, pensa celui-ci; quand nous allons être tête-à-tête, elle va me faire un aveu: c'est dommage, elle est bien jolie!

Il aida Clarice à se débarrasser pièce à pièce de ses ajustemens. Il vit tout de suite qu'il avait affaire à ce que l'on appelle une bonne fille. Cette Clarice se destinait à l'Opéra, où du reste elle n'est jamais entrée; je ne sais par quel hasard

B..... ne la connaissait pas même de nom.

A mesure qu'il s'acquittait de l'emploi dont on l'avait chargé, plus il acquérait la preuve que mademoiselle Clarice n'avait aucune difformité dont elle pût tenir à faire un mystère. Il avait achevé ses fonctions; déjà elle n'avait plus sur elle que le dernier vêtement, lorsqu'elle lui dit :

— Auriez-vous la bonté, monsieur, de me donner ce qui est sur ce fauteuil?

B... ne vit sur le fauteuil qu'une jolie chemise de batiste garnie de valenciennes. Il alla la chercher, et comme il la rapportait, Clarice laissa tomber, par mégarde ou à dessein, le vêtement que devait remplacer celui que tenait M. de

B.... et celui-ci resta en contemplation devant la plus belle créature qui se put imaginer. Son admiration le cloua sur la place, et, comme on le pense bien, mademoiselle Clarice ne perdit pas à cet examen consciencieux.

— Diable, se dit B.... pendant qu'elle passait le vêtement qu'il lui avait enfin donné, puisque ce n'est pas quelque défaut de nature, qu'est-ce donc?

Il ne songea cependant pas à reculer; Clarice était si belle, si gaie, si avenante, si pleine de charmes, que M. de B.... ne pensa plus qu'au bonheur de posséder une si belle créature, sans s'inquiéter du reste.

Pendant quelques jours il ne sut s'il devait se féliciter de sa conquête ou déplorer la faiblesse avec laquelle il avait

accepté le pacte qu'on lui offrait. Enfin,
au bout de quinze jours, ne pouvant deviner ce que pouvait être le fameux secret qu'il n'avait garde de trahir, puisqu'il ne le connaissait pas, il se détermina à tout avouer à Clarice qui, du
reste, avait eu à se louer de sa libé-
ralité.

Clarice, quand il lui en parla, reprit
son air sérieux; il revit dans les yeux de
la pauvre fille les larmes qu'il y avait
remarquées le soir du souper. Et quand
elle l'entendit lui dire qu'il ignorait ce
secret :

— Dieu soit loué, dit-elle, ignorez-le
toujours!

Six mois de bons procédés firent cependant sortir ce secret du cœur de Clarice. Depuis le premier jour, l'idée fixe
de B....., avait été de le connaître.

— N'est-ce que cela, dit-il? les enfans ne sont pas responsables des actions de leurs parens!

Le secret de mademoiselle Clarice était tout bonnement que son père était aux galères.

VI.

Il y avait sous l'empire, à Paris, une très belle personne qui était d'une excellente famille espagnole. Je ne la désignerai que sous le nom de Nieves (1).

(1) Abréviation de *santa Maria de las nieves*, sainte

La beauté de Nieves était remarquable,
quoiqu'elle eut, à l'époque dont je parle,
un peu plus de trente ans. Sa destinée
avait été assez singulière. Orpheline à
l'âge de dix ans, elle avait quinze ans à
peine quand la révolution française
éclata. Une Espagnole à quinze ans est
plus avancée qu'une femme de nos cli-
mats ne l'est à vingt. En outre, le tuteur
de Nieves était un chanoine régulier de
Séville, lequel avait reçu deux ou trois
fois l'avis charitable de prendre garde à
l'admiration qu'il manifestait pour Vol-
taire, Rousseau et tous les philosophes
du dix-huitième siècle; c'était lui qui
s'était chargé de l'éducation de sa pu-
pille, ce dont il était parfaitement capa-

Marie des neiges. *Dolores, concepcion*, sont des ellipses
de la même nature. Je crois que madame la duchesse de
Frioul, qui est mademoiselle de Hervas, s'appelle **Nieves.**

ble comme savoir, mais à quoi il n'entendait rien sous le rapport le plus essentiel, c'est-à-dire l'éducation morale.
Nieves à quinze ans était un prodige de science et de beauté ; et, comme elle sentait, par instinct sans doute, que le pédantisme enlaidirait la beauté même, il était impossible de s'apercevoir qu'elle connaissait le latin, le grec, toutes les langues vivantes ; qu'elle avait lu les philosophes de l'antiquité dans l'original, et qu'elle aurait tenu tête à tous les encyclopédistes du monde. Il était un peu moins difficile de s'apercevoir qu'elle ne croyait pas plus à Dieu qu'au Prêtre-Jean, quoique, en vraie Andalouse, elle observât scrupuleusement les mille et une pratiques inventées par la superstition espagnole. Bref, Nieves était, comme on devait l'attendre de l'éducation

qu'elle avait reçue, un composé d'athéisme et de bigoterie, de science littéraire et d'ignorance des choses du monde, qui faisait d'elle une créature charmante, très agréable à fréquenter, mais dont un homme sensé n'aurait pas voulu faire sa femme pour cent mille livres de rentes.

On ne s'étonnera donc point que l'explosion de la révolution française ait eu toutes les sympathies de Nieves et de son tuteur. Le chanoine ne tenait que médiocrement au genre de vie qu'il menait en Espagne; il avait la manie d'écrire, et sa verve était contenue par la crainte de l'Inquisition, qui avait déjà mis à l'*index* un petit livre qu'il avait publié. Il embrassa avec joie la proposition que lui fit Nieves de réaliser leur fortune et d'aller s'établir en France, car, à cette époque, bien des étrangers, à qui pesait le despotisme de leur patrie, avaient eu la pensée d'émigrer, pour venir saluer dans son berceau la Liberté naissante, avant que les excès de cette Liberté ne forçassent les enfans du pays où elle était née à émigrer sur la terre étrangère, pour sauver leur tête menacée.

Nieves et le chanoine vinrent donc s'établir à Paris. Nieves se montra une des plus ardentes admiratrices des nouvelles idées; son tuteur, qui avait un mérite réel, s'était lié avec quelques-uns des hommes les plus distingués de l'époque. Il voyait peu de monde, mais les personnes qu'il recevait étaient choisies : Nieves, qu'il aimait comme une fille, lui avait demandé en grâce de ne pas étendre beaucoup ses relations; elle avait horreur des nombreuses réunions.

Leur société se composait donc de douze
à quinze hommes de mérite.

Nieves était d'une nature ardente,
mais le côté dominant de son caractère
était une extrême fierté. Élevée dans les
principes les plus indépendans, elle eût
trouvé tout simple de prendre un amant,
et celui qui l'avait formée à sa doctrine
n'aurait pu le trouver mauvais ; mais la
fierté de cette singulière jeune fille lui
tenait lieu de vertu.

— Je veux bien me donner, disait-
elle parfois avec cette liberté de langage, fruit de son éducation à l'Émile,
mais à celui qui m'aura méritée. Je sais
ce que je vaux.

— Mais, lui dit un jour Barbaroux, à
qui elle développait ces principes à cet
égard, si vous aimiez ?

— Si j'aimais, dit la fière Andalouse, l'homme que j'aimerais serait digne de moi.

— Peut-être, reprit Barbaroux en souriant.

— Je comprends ce que vous voulez dire, dit Nieves : selon vous, l'amour est aveugle et peut faire un choix indigne dont on ne puisse se défendre. Quoique je ne sois pas de cet avis, j'admets cette manière de voir. Eh bien ! cela ne change rien à ce que je disais : l'homme que j'aimerais m'aurait méritée par l'amour que j'aurais pour lui.

Il est bien certain que, dans cette singulière organisation, c'était la grandeur qui l'emportait. Quand la révolution prit un caractère plus sombre, Nieves gémit sur les souffrances de sa nouvelle patrie; mais son esprit, largement taillé, comprit que peut-être tant de mal était nécessaire, et elle ne gémit qu'en silence. Comme la femme n'abdique pas sa nature, elle pleura sur toutes les victimes, mais elle pleura surtout sur les hommes dont elle avait été l'amie. Elle pleura sur les Girondins, quoique plus d'une fois, après une longue conversation avec quelques-uns d'entre eux, elle se fût écriée, en se trouvant seule avec son tuteur :

— Ah! ce ne sont pas là de vrais républicains!

Elle avait compris ce que bien des gens veulent nier aujourd'hui : à savoir que Vergniaud, Barbaroux et les autres, ne parlaient de république que pour abolir la royauté qui les gênait, et arriver eux-mêmes au pouvoir.

Quand elle vit tomber Danton, Camille Desmoulins, puis Robespierre, Saint-Just, toute la Montagne enfin, elle vit que ç'en était fait de la république, et elle se prit d'un profond dégoût pour les passions politiques. Elle retourna à ses livres, et vécut isolée avec son tuteur, qui réparait le temps perdu, en faisant paraître tous les mois un petit livre plein de maximes philosophiques, dont il était farci depuis trente ans, mais qui passaient parfaitement inaperçues, parce que depuis six ou sept années on avait fait en France bien d'autre philosophie, on avait reculé les bornes du doute bien autrement loin que là où les encyclopédistes les avaient portées.

Nieves commença bientôt à regretter sa belle Andalousie; tout ce qui touche à la vie extérieure frappe toujours les femmes d'une manière plus certaine que nous autres. Quand Nieves se promenait sous les arbres des Tuileries, si, par malheur, le souvenir de la Vega de Grenade lui revenait en tête, elle ne pouvait plus voir ce pauvre jardin qu'avec horreur, et elle se sauvait en pleurant dans sa chambre, où, disait-elle, elle n'était pas en prison comme dans cet étroit espace qui affecte les airs de la nature : elle en avait alors pour quinze jours. Le bon chanoine se désespérait, et, ne songeant pas que le projet qu'il proposait pourrait lui coûter la tête, il lui disait :

— Mon enfant, si tu t'ennuies, nous retournerons à Séville.

De retourner à Séville, il n'y avait pas à y penser. Nieves le savait ; elle souriait à son tuteur, essuyait ses beaux yeux, et, lui prenant la main :

— Ce n'est rien, disait-elle, cela passera; mais si vous saviez comme je m'ennuie!

Il n'était que trop vrai, elle s'ennuyait. Mais pourquoi s'ennuyait-elle? Il semble que l'éducation que lui avait donnée son tuteur devait avoir au moins cela de bon de la mettre à l'abri de l'ennui; car, comme le disait un homme que j'aime beaucoup, et qui ne manque pas d'esprit et d'instruction, à un homme très ennuyeux et qui lui disait :

— Ne vous ennuyez-vous pas tout seul?

— Non, dit l'homme dont je parle; on m'ennuie quelquefois, mais je ne m'ennuie jamais (1).

(1) Je ne puis résister à la tentation de rapporter ici un mot charmant de mon spirituel ami Ausone de Chancel, l'auteur du joli poème de *Mark*. Un homme très sot, et

Pour en revenir à nos moutons, Nieves s'ennuyait, bien qu'elle eût la tête pleine d'excellentes choses ; c'est que, quelquefois, ce n'est pas du vide de l'esprit que vient cette mélancolie qui assombrit l'âme ; c'est du vide du cœur, et le cœur de Nieves était vide. On se rendra difficilement compte qu'une Espagnole de vingt-cinq ans, qui avait en outre reçu l'éducation ultrà-libérale qu'avait reçue Nieves, n'eût pas encore aimé. Je ne me charge pas d'expliquer toutes les bizarre-

---

parfaitement ennuyeux , lui dit un jour : Je m'ennuie.— Et moi aussi, lui dit M. de Chancel. — Ah ! dit le sot , vous vous ennuyez aussi ? — Pas du tout , lui dit Chancel, j'ai dit : et moi aussi.

Je ne connais rien de plus propre à réconcilier avec les calembourgs que ce jeu de mots si plein de finesse, à l'aide duquel l'homme d'esprit disait sans grossièreté à une bête : Qu'est-ce que cela me fait que vous vous ennuiez , vous m'ennuyez bien davantage.

ries que je rapporte ; le fait est positif, c'est tout ce qu'il me faut.

Nieves rencontra sur sa route un homme à peu près de son âge dont elle devint éperdûment éprise, et dès lors elle perdit cette mélancolie qui la minait en secret. Elle retrouva toute sa force et toute son énergie pour aimer. Nieves avait inventé la femme libre ; elle aima M. de L..... et se donna à lui, sans remords, sans ostentation, sans avoir l'air de lui faire un sacrifice. M. de L..... l'aimait véritablement, et l'on peut dire que rarement on vit deux êtres plus heureux qu'ils ne le furent l'un et l'autre pendant plusieurs années.

Nieves avait mis toute sa vie dans cet amour. L'ardeur que la nature avait mise en elle, et qui avait couvé si longtemps sous la cendre d'une existence factice, se développa tout-à-coup avec une violence d'autant plus grande, qu'elle avait été plus comprimée. Bien des hommes cherchaient à lui plaire; elle faisait à peine attention à eux : elle aimait Arthur de L....., que lui importait le reste de la terre?

On comprendra facilement que cet amour sans bornes fut jaloux à l'excès. Comme elle eût mieux aimé mourir que de tromper son amant, elle eût aussi mieux aimé le tuer que de le voir infidèle. Pendant plusieurs années, Arthur, qui avait tout ce qu'il fallait pour apprécier le mérite de cette femme charmante, l'avait aimée d'un amour sincère, et la jalouse Espagnole n'avait pas eu à se plaindre de lui.

Mais, — le mot est célèbre, — tout passe! Pauvre nature humaine! tout

passe, en effet! la douleur et la joie,
l'amour, la haine elle-même, tout passe,
tout s'éteint! Quelques organisations d'é-
lite ont beau protester contre cette triste
maxime, il faut bien l'avouer, tout passe!
Est-ce un mal? est-ce un bien? Dieu,
qui a fait cette loi, pourrait seul nous
dire s'il a voulu en faire un châtiment
ou un bienfait.

M. de I....., qui peut-être n'était pas
une organisation d'élite, sentit un beau
matin que son amour était du nombre
des choses transitoires. Peut-être fût-il
demeuré constant, s'il n'eût rencontré
une charmante personne dont il devint
amoureux. Cinq ans plus tôt, il l'eût vue
avec indifférence, parce qu'alors il aimait Nieves de toute son âme; mais les
temps étaient bien changés! Bref, M. de
L..... devint fou de mademoiselle N.....;

et, tout en prenant les précautions néces-
saires pour cacher son dessein à Nieves,
il demanda en mariage celle qui lui avait
inspiré ce nouvel amour.

Comme il était homme d'esprit, il sut
s'arranger de manière à ménager, comme
on dit, la chèvre et le chou. Nieves, que
l'on pouvait bien appeler la chèvre,
n'eut pas le moindre vent du chou que
son amant se préparait à lui substituer.
Et le pauvre chou, qui n'avait jamais
entendu parler de la chèvre (car bien
que Nieves, malgré ses allures libres,
fût du monde, elle n'avait qu'un cercle
très restreint de connaissances), n'eût
pas même besoin de demander à M. de
L..... le sacrifice qu'il se préparait à lui
faire.

Un peu avant cette époque, un jeune
homme plein d'imagination , quelque

peu poëte, et sur lequel la splendide nature de Nieves avait fait une impression
profonde, devint passionnément amoureux d'elle, et la supplia de recevoir son
nom. Nieves, qui avait vu du premier
coup-d'œil qu'elle n'était pas l'objet
d'une fantaisie pour M. S..., ne le traita
pas comme elle avait coutume de traiter
ceux qui lui faisaient des déclarations,
à qui, le plus souvent, il lui arrivait de
rire au nez pour toute réponse. Elle dit
tranquillement à M. S... qu'elle ne pouvait être ni sa femme, ni quoi que ce fût,
excepté son amie, par l'excellente raison
qu'elle avait un amant.

— Je le sais, lui dit M. S..., c'est M. de
L...

— Pourquoi me faites-vous donc votre
demande, dit Nieves; voudriez-vous que

je le trompasse? ou voudriez-vous être
trompé ?

— Mais, dit M. S...., si vous deveniez
libre !

— Jamais, dit Nieves avec cette énergique vivacité des femmes de son pays :
la mort seule nous séparera ; et s'il meurt,
je mourrai.

— Laissez-moi espérer, continua S....

— Quoi donc? reprit Nieves : que je
l'oublie! Vous me connaissez assez pour
ne pas y compter, continua-t-elle en
souriant ; et quand à lui, oh ! je suis sûre
d'Arthur.

Ces derniers mots avaient été pronon-
cés d'un ton sérieux : Nieves, en disant :
Je suis sûre d'Arthur, avait pâli tout à
coup, et l'Espagnole tout entière se ré-
vélait dans ce peu de paroles.

M. S..., qui était un galant homme,
continua à voir Nieves, mais jamais il ne
lui dit un mot de son amour. Seulement,
une fois, dans une conversation générale,
M. de L... ayant dit qu'il était des choses
que l'on ne pouvait s'empêcher de refuser à un amant ou à une maîtresse, quel
que fût l'amour que l'on eût dans le
cœur, M. S.... se leva, et, d'une voix
émue, dit en regardant Nieves, quoique
sans affectation :

— Pour moi, je le jure sur l'honneur,
quelle que soit la demande que me ferait une femme que j'aime, je n'hésiterais pas à obéir.

Nieves fut frappée du ton avec lequel
le pauvre garçon avait dit ces paroles.
Elle le remercia d'un regard que lui
seul put saisir. S... tressaillit jusqu'au
fond du cœur sous ce regard magnétique,

quoiqu'il ne pressentît pas tout ce qu'il renfermait pour l'avenir.

Je ne sais si ce fût cette conversation qui détermina la jalousie de Nieves, ou si la conduite nécessairement plus froide de M. de L... lui donna les premiers soupçons, le fait est que, dès le lendemain, elle le fit épier, et que, très peu de jours après, elle avait acquis la certitude que M. de L... allait se marier.

Les femmes espagnoles portent, dit-on, un poignard à leur jarretière, ce qui prouverait qu'elles en jouent dans l'occasion. Je ne sais ce que feraient ces dames qui, en tout cas, n'ont pas tué ceux qui ont vu les susdits poignards, puisqu'ils en ont parlé; mais ce qu'il y a de positif, c'est que, malgré son organisation puissante, Nieves ne pouvait pas voir une arme quelconque, à plus forte rai-

son, une goutte de sang, sans frissonner.
Du temps de la révolution, elle parlait
des exécutions, comme l'aurait fait un
homme politique ; mais elle serait morte
si elle eût été obligée d'assister à une
seule. C'est cette disposition physique
qui explique comment, en apprenant le
mariage de son amant, elle n'avait pas
pris un poignard pour en frapper sa
rivale et son infidèle.

On peut, du reste, se faire une idée de
ce qui se passait dans cette ame ardente.
Elle souffrit d'effroyables tortures ; elle
sentait que le coup l'avait tuée ; mais la
mort était ce à quoi elle songeait le
moins. Après avoir passé quelques heures dans les larmes et le délire, elle releva fièrement la tête, prit son chapeau
monta en voiture, et se fit conduire
chez M. S.....

Il était onze heures du soir. M. S.....
avait chez lui quelques amis : Nieves demanda à lui parler en particulier. On
juge de la surprise de S..... Il la fit entrer dans une pièce séparée, congédia
ses amis, et vint près de la belle visi-
teuse.

— Monsieur, lui dit Nieves qui était
horriblement pâle, mais qui en même
temps était fort calme en apparence, je
crois que vous êtes un homme d'honneur.

En parlant ainsi elle tendait la main à
S....., comme aurait pu le faire un homme. Celui-ci prit cette main qu'on lui
tendait, et y déposa un baiser respec-
tueux. Il sentit sa main serrée convulsi-
vement par celle de Nieves.

— Oui, continua l'Espagnole, je vous

crois homme d'honneur, et je viens vous sommer de tenir la parole que vous m'avez donnée.

Rien n'était plus complètement beau et effrayant que cette magnifique créature, pâle comme la mort, toute vêtue de noir, avec sa blanche figure encadrée dans sa chevelure noire, arrivant la nuit chez cet homme, qui l'aimait à l'adoration, pour le sommer d'accomplir une promesse imaginaire. Il crut que sa raison était égarée, et il en fut d'autant moins étonné qu'il avait, dans la journée, appris le mariage de M. de L.....

Nieves comprit ce qui se passait en lui.

— Ne me regardez pas ainsi avec terreur, lui dit-elle, je ne suis pas folle. Vous avez dit l'autre jour : Je jure sur l'honneur, quelle que soit la demande

que me ferait une femme que j'aime,
je n'hésiterais pas à obéir.

— Ce sont mes propres paroles, dit
S....., et c'est l'expression de ce qui est
au fond de mon cœur.

— C'est bien. Maintenant descendez
au fond de ce cœur que je crois pur et
sincère ; interrogez-vous sérieusement,
et, sur l'honneur, répondez-moi. M'ai-
mez-vous ?

— Si je vous aime !

— Je vous demande si vous m'aimez
comme je veux que l'on m'aime, dit Nieves, terrible et sublime comme mademoiselle Rachel faisant à Oreste la même question.

— Sur l'honneur, dit gravement S...,
je vous aime de toute la force de mon
ame ; je suis à vous tout entier.

— Alors, dit Nieves en souriant d'un sourire étrange, tout ce que je vous ordonnerais vous le feriez ?

— Je le ferais, dit M. S.....

— Sans hésiter?

— Sans hésiter.

— Ah ! fit Nieves avec un soupir, je serai donc vengée !

En parlant ainsi elle se laissa tomber sur un fauteuil, et demeura quelque temps la tête dans ses mains sans proférer une parole.

Pendant ce temps S..... eut le temps de réfléchir sur ce qui lui arrivait. Il était clair comme le jour que ce que venait lui demander Nieves était la punition de M. de L..... Il s'était engagé sur l'honneur à lui obéir, et on allait peut-être lui ordonner un assassinat! Le pauvre homme sentait sa tête s'égarer ; d'un côté était une femme qu'il aimait à l'adoration et son honneur engagé ; de l'autre un crime horrible ; jamais *Oreste*, *le Cid*, *Hernani* ne furent plus embarrassés entre l'amour, l'honneur et le devoir. Heureusement pour lui il ne demeura pas longtemps dans cette horrible incertitude.

Nieves se releva tout à coup.

— M. de L..... me trahit, dit-elle d'un ton bref; il se marie.

— Oui, dit timidement M. S.....

— Vous le saviez, dit l'impétueuse Espagnole, et vous ne m'en avez point avertie !

— Je savais trop la peine que je vous ferais, dit le bon jeune homme.

Nieves, qui comprit tout ce qu'il y avait de délicatesse dans cette belle ame, serra, mais en silence, la main de M. S..., puis elle reprit :

— Il ne faut pas qu'il épouse cette femme ; il faut que je sois vengée. Voulez-vous vous charger de la vengeance?

— Je suis à vous, dit M. S..... qui avait pris un parti.

— C'est bien ; je pourrais vous dire : Allez tuer cet homme ; il faudrait y aller, sous peine d'avouer que vous êtes un homme sans honneur, et que vous avez menti en disant que vous m'aimiez; mais ce serait uné lâcheté, un crime, vous vous perdriez pour me servir, et je ne veux pas que vous vous perdiez; je ne veux pas que vous me vengiez d'une lâcheté et d'un crime, par un crime et

une lâcheté. Ce n'est donc point là ce
que je vous demande.

— Oh! merci, dit S..... en baisant la
main de Nieves.

— Je devrais vous en vouloir, reprit-
elle, de m'en avoir cru capable ; mais
laissons cela ; il faut punir cet homme :
le voulez-vous !

— Ah! dit S....., parlez, je suis à
vous !

— Et moi, dit Nieves, toujours calme
en dehors, quoique en dedans elle fût
parvenue au comble de l'exaltation, je
suis à vous si vous me vengez. Vous irez
trouver cet homme ; vous lui reprocherez
sa conduite ; vous lui direz ce que vous voudrez, vous l'outragerez, s'il le faut, du
dernier des outrages, jusqu'à ce qu'il
vous fasse raison de mon offense ; et,

quand vous serez devant lui l'épée à la main, vous penserez au mal qu'il m'a fait; vous penserez à son lâche parjure, et vous le tuerez. N'est-ce pas que vous le tuerez?

— Oui, s'écria-t-il en se jetant aux genoux de Nieves, oui, je vous vengerai. Vous avez raison de confier à mon bras le soin de votre querelle. Je vous ferai voir que je suis digne de vous!

— Et bien, dit Nieves, jurez-le moi devant Dieu qui nous entend!

La douleur amène les plus incrédules à croire en Dieu.

— Je le jure devant Dieu, dit S... avec exaltation; je le jure par mon amour que vous avez invoqué.

— Je vous crois, dit Nieves d'une voix calme; et moi aussi devant Dieu qui nous entend, dès ce moment, je suis à vous.

Et elle tendit sa main à S... qui la couvrit de baisers.

Cependant le pauvre jeune homme avait peine à comprendre tout son bonheur. Il doutait encore de ce don que Nieves venait de lui faire de sa personne. Une pensée cruelle vint lui traverser le cœur. Si le lendemain, dans ce combat, il allait succomber! S.... était brave; mais il aimait; ce bien si précieux, qui devait être le prix de son dévoûment, peut-être ne lui serait-il jamais donné d'en jouir. Une larme vint mouiller ses yeux, et, poussé par une force invincible, il étreignit avec passion entre ses bras celle pour qui il allait, ou tuer un homme, ou mourir!

A peine se fut-il laissé aller à ce mou-

vement involontaire, qu'il sentit tout
ce qu'il y avait de peu généreux à ré-
clamer, pour ainsi dire, par avance,
le prix de ce qu'on lui avait promis.
Il ouvrit les bras et se recula tout hon-
teux.

Nieves le comprit, et, cherchant à
donner à sa voix une inflexion qu'elle
parvint à rendre presque tendre, elle lui
dit, avec cette liberté sauvage qui était
la marque distinctive de son caractère :

— Ami, pourquoi me fuis-tu ? ne t'ai-
je pas dit que, dès cet instant, j'étais à
toi.

En parlant ainsi, elle retenait par la
main le pauvre S... qui, fou de bonheur,
n'avait plus la conscience de ce qui se
passait, et ne vit plus qu'une femme

adorée qui, loin de s'offenser de ses trans-
ports, les encourageait d'une manière
positive.

Le lendemain matin, dès que le jour
parut, Nieves éveilla S... Celui-ci croyait
être la proie d'un rêve.

— Ne me réveille pas, disait-il; si tant
de bonheur n'est qu'un songe, ne hâte
pas le moment du réveil!

— Le réveil, lui dit Nieves d'une voix
grave, c'est la vengeance!

Cette terrible parole ramena S... à la
réalité. Sans espoir, il eût affronté mille
morts pour mériter Nieves : de quoi ne
se sentait-il pas capable après avoir obtenu ce prix tant désiré?

Il se rendit chez M. de L...

— Monsieur, lui dit-il, je viens pour
avoir avec vous une explication au sujet

d'une personne que vous avez grièvement offensée.

— Je ne sais de qui vous voulez parler, dit L...., déterminé à ne pas accorder l'explication qu'on lui demandait.

— Je vais vous le dire, reprit S....; vous avez mortellement outragé mademoiselle Nieves de..., et je viens en son nom vous en demander raison.

— Eh! fit L....; et de quel droit, s'il vous plaît, monsieur?

— Du droit, dit M. S..., qu'a tout honnête homme de dire à un autre homme qu'il est un lâche et un misérable, quand il le pense de lui.

— Monsieur, s'écria M. de L...

— Allons donc! monsieur, dit S... vous me comprenez à la fin.

— Et, reprit M. L... après quelques momens de silence, si je refusais de vous rendre raison, que feriez-vous?

— Je dirais que vous êtes aussi lâche avec les hommes qu'avec les femmes, et si cela ne vous suffisait pas, si, pour vous déterminer à vous battre avec moi, ce n'était pas assez que, face à face, je vous eusse insulté comme un homme ne souffre jamais qu'on l'insulte quand il a du cœur, je vous attendrais dans un lieu public, et je vous souffletterais devant tout le monde, en disant les motifs de ma conduite.

— Et vous compromettriez celle dont vous vous faites le chevalier, fit observer M. de L...

— Je vous défends de parler d'elle de quelque manière que ce soit, s'écria S... hors de lui.

— Je ne reçois de défense de personne, dit monsieur de L..... avec hauteur.

— Excepté de ceux avec qui vous refusez de vous battre, dit monsieur de S....

— Je n'ai jamais refusé de me battre, dit M. de L.... Je voulais seulement voir si vous faisiez de ceci une affaire personnelle, ou si vous veniez, en chevalier errant, pour redresser les torts à la première réquisition de la beauté. Je suis à vos ordres, monsieur.

S.... garda le silence; il regrettait d'avoir été aussi loin vis-à-vis d'un homme qui ne demandait pas mieux que de se battre.

On prit rendez-vous pour trois heures de l'après-midi, au bois de Vincennes;

Nieves avait exigé que l'affaire eût lieu le jour même.

S.... retourna près d'elle. En vain il essaya de lui cacher l'heure et le lieu du combat. Elle voulut tout savoir.

À trois heures, S..., assisté de deux de ses amis, se trouvait au rendez-vous, où il trouva M. de L.... avec ses témoins. Ceux ci s'abouchèrent, selon l'usage, avec les témoins de M. S... et il fut impossible aux amis du champion de Nieves de décliner le droit que réclamait M. de L... de choisir les armes comme offensé. S.... d'ailleurs acceptait tout. M. de L... choisit le pistolet.

On arrêta les conditions; elles étaient très meurtrières. On plaça les combattans à vingt pas; chacun devait marcher cinq pas, et tirer quand bon lui semblerait.

M. de L... marcha droit à la limite, et lâcha son coup, qui ne toucha pas M. S... Chacun des témoins crut que celui-ci allait tirer en l'air, ou du moins tirer de la place où il se trouvait (il n'avait encore fait qu'un pas). Mais, après un moment d'hésitation, on le vit marcher d'un pas ferme vers la limite, et ajuster M. de L... Le coup partit, et M. de L.... tomba raide mort. Il avait été frappé au cœur.

M. S... avait en effet été sur le point, sinon de tirer en l'air, du moins de tirer de sa place et sans ajuster. Mais, au moment où il élevait le canon de son pistolet, il aperçut, entre les arbres, une femme qui le regardait. C'était Nieves qui, pâle comme un spectre, l'œil ardent, lui faisait signe d'une main d'avancer jusqu'à la limite, et de l'autre, lui mon-

trait son cœur, pour lui ordonner de vi-
ser au cœur celui que poursuivait sa vengeance. Cette sombre apparition rappela
M. S... au rôle terrible qu'il avait à
jouer. Il obéit, et la vengeance de Nieves
fut complète.

Tout s'était passé dans les règles.
M. S... avait durement usé de ses droits,
mais il n'avait pas été au-delà. Quand il
se fut assuré que son rival était mort, il
s'esquiva et alla rejoindre Nieves, qu'il
retrouva immobile auprès du même ar-
bre où elle lui était apparue.

— Eh bien? lui dit-elle d'une voix
agitée.

— Vous êtes vengée! dit M. S.....

— Mort?

— Il est mort, dit M. S.....

— **Arthur**, dit Nieves dont le pâle visage devint plus pâle encore, pardonne-moi.

En disant ces mots, elle roula à terre; S..... poussa un cri. Il ne comprenait rien à ce que venait de dire Nieves, après ce qui s'était passé depuis la veille. Il la releva. Ses témoins, accourus à sa voix, l'aidèrent à transporter Nieves dans sa voiture, tandis que les amis de M. de L..... rendaient à son corps le même service.

S..... conduisit Nieves chez elle. Le médecin, qui fut appelé, parvint à la faire revenir à elle, mais ce ne fut que pour prononcer un terrible arrêt.

— Cette dame, dit-il à S....., cette dame est empoisonnée, et j'ai été appelé trop tard.

On employa tout ce qu'il est possible

d'employer : ce fut en vain. Après plusieurs tentatives infructueuses, le docteur déclara que la malade n'avait pas une heure à vivre. Nieves voulut alors rester seule avec S.....

Elle ne fit pas comme Hermione ; elle ne lui dit pas : « Qui te l'a dit? » mais elle ne put s'empêcher de tressaillir en lui donnant la main, et elle ne lui parla plus comme la veille.

— Monsieur, lui dit-elle, vous m'avez courageusement et cruellement obéi; je vous en remercie. Vous m'aimiez, je vous ai donné de ce qui me restait à vivre tout ce que j'ai pu vous donner, car depuis ce matin je suis morte; depuis ce matin, ce poison est dans mes veines. Vous n'avez pas pu croire que je fisse tuer le seul homme que j'aie aimé pour me donner à un autre. Adieu! ne

gardez pas de moi un mauvais souvenir;
je meurs en vous remerciant. Je sens que
je suis plus faible que je ne croyais ; car
je voudrais qu'en mourant, Arthur eût
bien su que c'était moi qui le tuais par
votre main ; mais je donnerais le pardon
le Dieu pour être sûre qu'il m'a par-
donnée, lui! Pardonnez-moi aussi, vous,
monsieur, comme je vous pardonne de
m'avoir trop bien servie.

Le vieux tuteur était mort depuis longtemps. Ce fut S..... qui conduisit Nieves
à sa dernière demeure.

A présent, que près de quarante ans
ont passé sur la tête de M. S....., il ne
peut encore parler qu'en pleurant de
cette triste histoire.

VII.

Il serait d'assez mauvais goût, ce me semble, de laisser mes lecteurs sur cette lugubre histoire de Nieves, l'Andalouse. Comme, malgré la mauvaise humeur de

quelques gens (1), je continuerai la tâche
que j'ai commencée, je ne veux pas
clore cette seconde livraison par une
anecdote où il n'y a pas le plus petit
mot pour rire. S'il fallait toujours regarder les choses de ce monde sous leur
aspect le plus affligeant, il y aurait de
quoi devenir plus misanthrope qu'Al-
ceste ou que Timon d'Athènes. Mieux
vaut rire que pleurer. La comédie n'a-t-

(1) Comme j'achevais ce quatrième volume, j'ai reçu
par la petite poste une lettre que l'on peut qualifier d'a-
nonyme, puisque, pour toute signature, elle porte : *Le
comte de* ... Je regrette beaucoup que le noble auteur de
cette turpitude se soit arrêté en si beau chemin. Je l'aurais prié d'accepter d'abord une leçon d'orthographe; puis
j'y aurais joint une leçon de politesse. Comme j'espère que
M. le comte de aura la curiosité de lire la seconde livraison, ayant lu la première, je charge cette note de lui porter ma réponse. La lettre me demande *quelle solde m'al-
loue la liste civile* pour une certaine histoire qui se trouve
dans le second volume, histoire dans laquelle M. le duc
d'Orléans, père du roi actuel, joue un rôle fort honorable.
La lettre ajoute que je mens avec une effronterie digne
d'admiration. A l'assertion je réponds que le comte ano-

elle pas pris pour devise : *Castigat riden-
do mores* ? L'auteur de ce pauvre livre
n'a pas la prétention de réformer la société : toutefois ce n'a pas été sans une
vive satisfaction qu'il a entendu des
gens d'esprit et de cœur lui dire en lui
serrant la main : Laissez crier les hypo-
crites, mon enfant; il n'est pas mal que
ces gens-là sachent qu'on les connaît
pour ce qu'il valent. Je continuerai

nyme, auteur de la lettre, se trompe complètement, et
que l'histoire de Perrine Lesueur est parfaitement vraie.
Quant à la question, voici ma réponse :

« De solde, Monsieur le comte, je n'en reçois pas. In-
» formez-vous-en, on vous le dira. On pourra vous dire
» aussi, et je vous le déclare moi-même, que si vous vou-
» lez bien prendre la peine de venir me dire en face ce
» que vous m'avez écrit, je vous en allouerai une dont,
» j'espère, vous serez satisfait. »

Ceci, du reste, soit dit une fois pour toutes; je ne puis
perdre ni mon temps ni le papier de mon éditeur à répondre à tous les sots et à tous les lâches à qui il pren-
drait fantaisie de m'attaquer sans se nommer.

A bon entendeur, salut ! monsieur le comte, si comte
il y a !

donc : tant pis pour qui se fâchera, tant mieux pour qui profitera : et si la lecture de ces pages sans prétention réjouit ceux qui se résoudront à les lire, tant mieux pour eux et pour moi.

Il y a beaucoup de maris qui ne sont pas jaloux; il y en a également un très grand nombre qui le sont à l'excès. Parmi ceux-ci, il y a plusieurs variétés très distinctes.

La première et la plus nombreuse comprend les maris que l'on n'aime pas, qui n'aiment leurs femmes qu'au point de vue de propriété, et qui sont jaloux de tout le monde parce qu'ils voient dans chaque personne qui les approche un convoiteur d'un bien dont ils ne se sentent pas dignes ; cette variété que nous appellerons le *jaloux proprement dit*, est vouée au minotaure par grâce d'état.

La seconde, celle du *jaloux malheureux*, renferme les maris qui aiment leurs femmes tout de bon, sans pouvoir espérer d'en être aimés.

La troisième variété, dite variété inexplicable, est celle des maris qui aiment leurs femmes et en sont aimés, et qui sont néanmoins dévorés d'une jalousie vague.

On voit aussi des maris qui aiment leurs femmes, qui sont trompés par elles, le savent, et en sont très malheureux : quatrième variété connue sous le nom de jalousie respectable.

Enfin la cinquième comprend les maris qui ne tiennent pas du tout à leurs femmes, qui sont ce que vous savez, et qui y apportent toute sorte d'obstacles uniquement parce qu'ils n'aiment pas à

être tournés en ridicule. Cette variété
porte le nom scientifique de jalousie honorable, et le nom familier de variété
du chien du jardinier (1).

M. de S...... appartenait à cette dernière variété. Marié fort jeune à une
femme charmante, il l'avait aimée tout
juste aussi longtemps que ses maîtresses :
deux ou trois mois. Quand il avait été
blasé sur la possession de sa femme il
l'avait complètement négligée pour re-
commencer sa vie de garçon. Madame
S....., qui n'était pas de nature à prendre son parti sur un isolement qui ne
faisait pas son compte, n'avait pas tar-
dé à demander à d'autres des consola-

(1) On sait qu'il y a un proverbe populaire qui dit : Il
est comme le chien du jardinier, qui ne touche pas à ce
qu'on lui donne à garder, et qui ne veut pas qu'on y touche.

tions dont elle était sûre de ne pas manquer. Mais le volage S.... n'appartenait pas pour rien à la cinquième variété. Il trouva très mauvais que madame S...... suivit son exemple, et il l'entoura d'une surveillance assez désagréable. Il avait trop d'esprit pour faire les choses brutalement; il s'y prenait au contraire avec finesse, et il y apportait tant de soins que la pauvre madame S..... ne savait à quel saint se vouer.

Toutefois, il n'est précautions, surveillance, ni entraves, qui puissent conjurer la destinée. Quand le terrible minotaure a marqué une victime, c'en est fait, rien ne peut la sauver. S... avait été désigné par le monstre; il fallait qu'il succombât. Madame S... fit assaut de ruse et de finesse avec son mari, et elle parvint à donner à la dérobée quelques coups de

canif dans le contrat, si bien et si cons-
tamment gardé.

Mais son caractère impétueux s'arrangeait mal de cette guerre continuelle
qui ne lui permettait pas de se livrer,
comme bon lui semblait, au charme
d'une liaison suivie. Sans doute pendant
quelque temps ses complices manquaient
d'habileté, car le vigilant S... parvenait
toujours à déjouer les mesures les mieux
combinées. A la fin, le diable envoya à
madame S... un auxiliaire digne d'elle,
et l'infortuné jaloux subit son sort comme
le commun des martyrs, avec toutes les
conditions requises, c'est-à-dire qu'il
était minautorisé et content.

Le comte de B..., qui était chambellan d'une des reines de la cour impériale,
passait à juste titre pour un des hommes
les plus séduisans de Paris. Ami d'e nfance

du frère de madame S..., le mari de celle-ci n'avait pu lui fermer sa porte, quelque envie qu'il en eût eu : d'ailleurs, les craintes qu'il avait conçues sur M. de B... ne tardèrent pas à se dissiper. M. de B... était le compagnon de tous les plaisirs de M. S... Le jaloux, qui avait pour principe qu'on ne saurait prendre trop de précautions, ne manquait pas, quand il avait fait une bonne partie avec M. de B..., de régaler sa femme du récit plus ou moins gazé des prouesses de son ami. Je ne sais si ce fut précisément le soin qu'il prenait de décrier les mœurs de M. de B... auprès de sa femme qui inspira à madame S... un amour auquel elle n'eût peut-être jamais songé. Quoi qu'il en soit, un beau matin, la vive Ernestine s'aperçut qu'elle était folle de M. de B.... Elle le lui laissa entendre d'une façon

assez claire pour qu'il ne pût s'y tromper, et, au bout de quelque temps, M. de
B... consolait madame S... des froideurs
de son époux.

Madame S.... et M. de B.... se trouvèrent
faits l'un pour l'autre, et une affection
réelle fut le résultat de leur liaison.
Averti par son instinct de jaloux, S....
redoublait de surveillance, et ses premiers soupçons étaient revenus dans
toute leur force. Le pauvre B...., sous
peine de se décéler, ne pouvait éviter
les perfides parties de plaisir où l'entraînait le mari de sa maîtresse ; et, pour
dire la vérité, quand il s'y trouvait, il y
tenait fort bien sa place, parce qu'il était
bon vivant et gai compagnon. Mais il se
faisait un mérite aux yeux d'Ernestine
d'une complaisance qui lui coûtait. Madame S...., prévenue par B... lui-même,

ne témoignait pas la moindre émotion quand son mari venait lui faire confidence des légèretés de M. de B.... Elle espérait qu'à force de lui dire : Que m'importe? son mari finirait par lui faire grâce de ces récits inconvenans. Mais S... n'avait garde; il y voyait un double avantage : il ne pouvait manquer de dégoûter ainsi sa femme d'un homme qui menait une conduite aussi peu régulière, et, en outre, il regardait ces confidences comme un thermomètre des sentimens de sa femme à l'égard de B....

— Si elle finissait par l'aimer, se disait S..., dès le premier jour j'en serais averti par l'effet que produiraient sur elles mes confidences.

Nous avons vu que ce calcul, assez ingénieux en lui-même, abusait complétement le pauvre S....

Cependant cette obsession de chaque jour fatiguait les deux amans : M. de B..., qui était un garçon d'esprit, résolut de s'en débarrasser pour toujours, en persuadant d'une manière positive à M. S... qu'il était impossible que lui, B..., eût la moindre relation avec sa femme. Il s'arrêta à une idée qui lui parut bonne, et qui lui fut suggérée par Ernestine, et il se mit en devoir de faire naître l'occasion de la mettre à exécution.

Il chercha et finit par trouver deux filles, dont l'une était blonde avec les yeux noirs, et l'autre brune avec les yeux bleus, et qui étaient parfaitement inconnues à S.....; il leur serina leurs rôles, puis, quand elles furent casées convenablement, il commença l'attaque.

Une respectable revendeuse à la toilette, dont S..... se servait fréquemment pour ses commissions amoureuses, et à qui B.... avait donné quelques louis, vint un matin trouver notre mari jaloux pendant que M. de B...... se trouvait avec lui. Elle remercia cinquante fois la Providence qui la faisait arriver dans un aussi bon moment, puisqu'elle avait à parler à ces deux messieurs. Il lui était tombé sous la main un véritable trésor, et elle avait tout de suite songé aux deux amis, à qui revenait de droit cette préférence. C'étaient deux sœurs nouvellement arrivées de leur province, et qu'elle leur offrait comme un morceau délicat. Sur l'éloge pompeux que leur fit la vieille, les deux amis se montrèrent fort empressés de faire la connaissance de ses deux protégées ; B..... surtout n'avait garde d'y manquer. Bref, ils prirent jour avec la digne entremetteuse, et il fut convenu que les deux merveilles attendraient à souper S.... et son ami le surlendemain.

Le surlendemain arrivé, S...... reçut un billet de M. de B...... qui l'informait que, retenu par son service, il ne serait libre qu'à onze heures du soir, et qu'il le rejoindrait chez les deux sœurs, où ils étaient attendus à neuf heures.

A neuf heures, S..... court au rendez-vous : il est introduit dans un appartement fort élégant, et reçu par une ravissante personne, aux cheveux du plus beau blond cendré, à la peau de satin, et aux yeux noirs comme du jais, ce qui donnait à sa physionomie quelque chose de piquant qui lui allait à ravir. S...... excuse son ami, retenu par une affaire

importante , mais qui , ajoute-il , vien-
dra à onze heures précises.

— Mon Dieu! dit la jolie fille blonde ,
c'était moi qui devais vous faire des excu-
ses pour ma sœur; nous avions avec nous
une de nos cousines qui part demain et
qui n'avait jamais été à l'Opéra. Ma sœur
n'a pu se dispenser de l'y accompagner ce
soir. Je suis restée pour vous recevoir ;
j'espère que vous ne lui en voudrez
pas.

S...., qui n'a pas vu la sœur, et qui ,
par conséquent , ne sait pas si elle est
aussi jolie que la charmante personne
qui lui parlait, n'en voulut pas du tout
à B...., qui faisait son service, et à la cou-
sine qui, en retenant la sœur de la blonde
jusqu'à minuit, lui ménageait un agréable tête-à-tête. En homme expert , il ac-

cepta sans contrôle l'excuse qu'on lui présentait, et profita des momens qu'il avait à passer avec la blonde.

Tout était pour le mieux. Comme on le pense bien, la brune aux yeux bleus était absente par ordre exprès de M. de B...., lequel faisait son service, non auprès de la véritable reine, sa maîtresse, mais auprès d'Ernestine S......, sa maîtresse, sa reine à lui.

Onze heures arrivèrent. B.... fut exact. On lui conta l'histoire de l'Opéra. Il fit compliment à S..... de son bonheur. Enfin une voiture s'arrête à la porte, et bientôt une charmante femme brune, avec des yeux bleu-barbeau, entra dans le salon.

— C'est ma sœur, dit mademoiselle Agathe.

S....., malgré les attentions qu'il avait eues pour mademoiselle Agathe, ne put s'empêcher de témoigner son admiration pour mademoiselle Betzy.

B.... regarda avec assez d'indifférence la nouvelle venue; mais il parut, en revanche, fort occupé de la sœur cadette, celle qui avait les cheveux blonds et les yeux noirs.

Le souper fut très gai. Les deux sœurs étaient aimables et spirituelles. B...... cependant avait l'air soucieux.

Quand le souper fut fini, B..... prit à part son ami, et lui dit du ton le plus sérieux du monde :

— Tu as été reçu par Agathe. Où en es-tu avec elle?

— Ma foi! dit S.... en riant, nous sommes du dernier bien.

— Ah ! dit B...., c'est dommage !

— Comment ! c'est dommage ! et pourquoi cela ?

—Parce que si tu n'étais pas si avancé auprès d'elle, je t'aurais demandé s'il t'était égal de l'arranger de Betzy.

— Comment ! dit S...... qui avait été frappé de la beauté de Betzy, qui était dans le fait incomparablement plus belle que sa prétendue sœur, tu ne te trouves pas content de ton lot ? tu es bien difficile !

— Betzy est belle, dit B..... tranquillement; mais tu n'as pas vu ses cheveux et ses yeux.

— Ses cheveux ! s'écria S....., elle a une forêt de magnifiques cheveux noirs! et ses yeux ! mais ils sont à faire tourner la tête !

— Des cheveux noirs et des yeux bleus, dit B..... du ton désespéré qu'il eût pris pour dire des cheveux verts et des yeux roses.

S..... éclata de rire.

— Je ne sais pas, dit B...., ce que j'ai dit de si ridicule.

— Tu as l'air tout contrarié de ce que cette femme, qui t'appartient, si tu le veux, a une beauté des plus recherchées.

— Chacun son goût, dit B.....; si c'est une chose recherchée, ce n'est pas par moi, que cela ferait fuir à cent lieues.

— Voilà une étrange manie, dit S.... en continuant de rire; je ne te connaissais pas cette antipathie.

— Bah! fit B..... Tu ne te rappelles pas

mon histoire avec mademoiselle de D...?

— La comtesse de P...?

— La comtesse de P.... Je devais l'é-
pouser. Elle a un beau nom, une grande
fortune. Pourquoi ai-je rompu les négo-
ciations que l'on faisait pour ce mariage?

— Parce que tu ne voulais pas te marier, mauvais sujet!

— Je ne demandais pas mieux que de
me marier, comme je le désire encore
aujourd'hui. Mais quand on fit sortir
d'Ecouen mademoiselle de D...., et que
je vis ces grands yeux bleu-fayence sous
ces boucles noires, je déclarai que je ne
l'épouserais jamais.

— Mais elle est belle comme un ange!

— C'est possible; mais une femme qui
a des yeux bleus et des cheveux noirs,

n'est pas à mes yeux belle comme un ange ; pour moi, c'est un monstre.

S.... se renversa sur son fauteuil en riant aux larmes. Quand il eut bien ri, il prit la main de B...., et lui dit d'un air comiquement sérieux :

— Et que puis-je faire pour toi dans cette pénible circonstance ?

— Ce que je ferais pour toi en pareil cas ? dit M. de B....

— Nous allons voir à arranger cela, dit S..... qui ne se sentait aucune répugnance pour le monstre aux yeux bleus; et il rentra dans la pièce où il avait laissé les deux femmes.

B.... entendit de grands éclats de rire; il se frotta les mains. Son stratagème réussissait. On a déjà deviné sans doute que madame S.... était un monstre aux yeux bleus et aux cheveux noirs.

La porte s'ouvrit, et S...... rentra rayonnant.

— As-tu la même antipathie pour l'assemblage des cheveux blonds et des yeux noirs, dit il à B... en riant.

— Pas le moins du monde, dit le chambellan.

— Eh bien! voilà un petit monstre dont tu me diras des nouvelles, dit S.... en prenant par la main mademoiselle Agathe qui était restée derrière la porte.

Le lendemain, S...., tout-à-fait édifié sur l'innocence des rapports de son ami avec sa femme, ne laissa pas cependant de raconter l'anecdote à Ernestine.

— Vous voilà bien avertie, lui dit-il; ne faites donc pas de frais pour notre

ami : il vous dirait que vous êtes un monstre.

Dès lors, S..... perdit toute méfiance;
il n'était jamais si tranquille que lorsque
sa femme était avec M. de B....; et s'il la
savait dans un lieu où il ne pouvait la
surveiller lui-même, il dormait sur les
deux oreilles, en se disant :

— Il n'y a pas de danger, B..... est
avec elle !

FIN DU QUATRIÈME VOLUME.

TABLE DES CHAPITRES

FIN DE LA TABLE.

www.ingramcontent.com/pod-product-compliance
Lightning Source LLC
Chambersburg PA
CBHW070208030726
47505CB00006B/1609